Dino

STAR WARS

Die Klonkriege im Überblick

Die Schlacht um Geonosis stellte den Auftakt des legendären galaktischen Konflikts dar, der als „Die Klonkriege" in die Geschichte eingehen und das Schicksal der Republik entscheidend verändern sollte.
Auf der einen Seite stand die Konföderation der unabhängigen Systeme mit dem charismatischen Count Dooku als Führer, unterstützt von mächtigen Gilden und Handelsorganisationen und deren Droiden-Armeen, auf der anderen Seite die treuen Anhänger der Republik und ihre Klonarmee unter der Führung der Jedi-Ritter. Dieser Krieg wurde an vielen Fronten gekämpft – mit großem Heldenmut und zahlreichen Opfern auf beiden Seiten.
Hier eine Übersicht der wesentlichen Ereignisse dieses Krieges und deren chronologische Einordnung ...

Monate (nach Episode II)	Ereignis	Dokument
0	**Die Schlacht um Geonosis** *Star Wars:* Episode II – Angriff der Klonkrieger	Film (Lucasfilm Ltd., Mai '02)
0	**Die Suche nach Count Dooku** Boba Fett 1: Der Kampf ums Überleben	Roman (Panini-Dino, Mai '03)
+ 1	**Die Schlacht um Raxus Prime** Boba Fett 2: Im Kreuzfeuer	Roman (Panini-Dino, Mai '03)
+ 1	**Das Dark Reaper Projekt** The Clone Wars	Videogame (Electronic Arts, Nov. '02)
+ 1,5	**Verschwörung auf Aargau** Boba Fett 3: Das Labyrinth	Roman (Panini-Dino, Aug. '03)
+ 2	**Die Schlacht um Kamino** Klonkriege I: Die Verteidigung von Kamino	Comic (Panini-Dino, Aug. '03)
+ 2	**Durge vs. Boba Fett** Boba Fett 4: Gejagt	Roman (Panini-Dino, Nov. '03)
+ 2,5	**Die Verteidigung von Naboo** Klonkriege II: Im Visier des Bösen	Comic (Panini-Dino, Feb. '04)
+ 6	**Attentat auf Null** Das Vermächtnis der Jedi	Roman (Panini-Dino, März '04)
+ 6	**Die Haarun Kal-Krise** Mace Windu und die Armee der Klone	Roman (Blanvalet, März '04)
+ 15	**Die Schlacht um Jabiim** Klonkriege III – Das letzte Gefecht von Jabiim	Comic (Panini-Dino, April '04)
+ 31	**Die Zitadelle auf Xagobah** Boba Fett 5: Eine neue Bedrohung	Roman (Panini-Dino, Juli '05)

STAR WARS™

BOBA FETT™

GEJAGT

Band 4

Elizabeth Hand

Dino

Die Deutsche Bibliothek – CIP-Einheitsaufnahme

Ein Titeldatensatz für diese Publikation ist bei der Deutschen Bibliothek erhältlich.

*Dieses Buch wurde auf chlorfreiem,
umweltfreundlich hergestelltem
Papier gedruckt.*

In neuer Rechtschreibung.

Deutsche Ausgabe 2003 by Panini Verlags GmbH,
Rotebühlstraße 87, 70178 Stuttgart

Titel der amerikanischen Originalausgabe: „*Star Wars* Boba Fett # 4 – Hunted".

Übersetzung: Dominik Kuhn
Redaktion: Mathias Ulinski, Holger Wiest
Chefredaktion: Jo Löffler
Umschlaggestaltung: TAB Werbung GmbH, Stuttgart,
basierend auf dem US-Cover von Louise Bova und Peter Bollinger
Satz: Greiner & Reichel, Köln
Druck: Panini S. P. A., Italien
ISBN: 3-89748-708-X

www.dinocomics.de
www.starwars.com

Kapitel 1

Manche Leute glauben, dass der Weltraum leer sei. Jango Fett, Boba Fetts Vater, gehörte auch zu diesen Leuten.

„Der Weltraum ist nichts als Leere", hatte Jango seinem Sohn erzählt. „Und Leere ist nutzlos, wenn man sie nicht mit Arbeit, Energie, Leuten oder Raumschiffen füllt. Ein guter Kopfgeldjäger mag manchmal unsichtbar scheinen, aber er weiß, wie er den Raum um sich herum nutzt. Und wenn er diesen Raum nutzt, ist der Raum nicht mehr leer."

Boba fand überhaupt nicht, dass der Weltraum leer war. Als er den Weltraum aus dem Sichtfenster der *Slave I* betrachtete, dachte er, dass dieser Raum ausgefüllt, leuchtend und schön war. Überall waren Planeten und Sterne. Er sah ferne, grün, goldfarben oder rot leuchtende Wolken, die Nebel, Galaxien oder gar riesige Raumschiffe hätten sein können.

Und doch musste er seinem Vater in einem Punkt Recht geben. Was auch immer der intergalaktische Raum war, Boba war sich im Klaren darüber, dass er selbst etwas daraus machen musste.

„Zielanflug", informierte ihn eine kühle, computergenerierte Stimme vom Kontrollpult der *Slave I*. „Wir nähern uns Tatooine."

Boba lehnte sich nach vorn. Er strich mit der Hand über die Steuerkonsole der *Slave I*. Seine Finger berührten dabei Knöpfe, Tasten und Touch-Screen-Navigationshilfen. Er lächelte.

Er war ein Teil des komplexen Raumes innerhalb dieses Raumschiffs. *Seines* Raumschiffs, seit sein Vater tot war. Er hatte sich das Schiff erst vor ein paar Tagen auf dem Planeten Aargau von Aurra Sing zurückgeholt, der berüchtigten Kopfgeldjägerin, die es ihm gestohlen hatte.

Aargau war der Bankenplanet der Galaxis. Dort hatte sich Boba auch geholt, was vom Vermögen seines Vaters übrig geblieben war: gerade genügend Credits, um die *Slave I* für diese Reise neu auszustatten.

„Geschätzte Landezeit 01200 Mesarcs", sagte die Computerstimme. „Eindringen in den Luftraum von Tatooine."

Tatooine.

Boba Fett sah auf den Planeten dort draußen hinab. Er war eine riesige, knochenfarbene Kugel, hier und da von braunen oder weißen Streifen durchzogen. In der Ferne strahlten die Zwillingssonnen von Tatooine in mattem Orange. Die beiden Sonnen erschienen Boba wie dämonische Augen, die ihn anstarrten.

Nein, der Weltraum war nicht leer.

Er beugte sich nach vorn und tippte ein Kommando in die Kontrollkonsole, woraufhin die *Slave I* mit einem dumpfen Brüllen in die Atmosphäre des Planeten eintauchte. Das Schiff raste auf die Oberfläche von Tatooine zu. Die Zwillingssonnen wurden kleiner und verloren an Strahlkraft, wirkten aber immer noch bedrohlich. Boba sah auf die Wüstenwelt hinaus und zog eine Grimasse.

Das ist nicht gerade ein Ort, an dem man sich lange aufhalten möchte, dachte er.

Sandstürme, Ozeane aus Sanddünen, dürre Schluchten, Feuchtfarmen und gnadenlose Hitze. Nach allem, was Boba gehört hatte, füllte Tatooine seinen Raum mit ziemlich üblem Zeug.

Also weshalb bin ich hier?

Boba grinste grimmig. Er kannte die Antwort auf diese Frage.

Sein Vater, Jango Fett, war von einem Jedi-Meister namens Mace Windu getötet worden. Doch als einer der größten Kopfgeldjäger der Galaxis (der *größte*, wie Boba fand) hatte Jango jeden Tag seines Lebens mit dem Wissen gelebt, dass er jederzeit sterben könnte.

Und er hatte seinen Sohn geliebt. Um Boba auf den schlimmsten Fall vorzubereiten, hatte Jango ihm ein Buch hinterlassen. Das Buch war eigentlich ein Datenspeicher mit allerhand Informationen, Ratschlägen und Ermutigungen. Alles war in den Worten seines Vaters geschrieben. Und manchmal zeigte das Buch sogar Jangos Bildnis.

„Halte dich immer an dieses Buch“, hatten Jangos Bildnis und Stimme Boba gesagt, als er das erste Mal in das Buch geschaut hatte. „Behalte es immer bei dir. Sieh hinein, wenn du es brauchst. Es wird dich leiten, wenn du Hilfe brauchst. Es ist keine Geschichte, sondern ein Weg. Folge diesem Weg und eines Tages wirst du ein großer Kopfgeldjäger sein, Boba.“

Das war genau das, was Boba mehr als alles andere sein wollte – ein großer Kopfgeldjäger, wie sein Vater. Sein Vater wäre stolz auf ihn gewesen, wenn er das gewusst hätte.

Manchmal, spät nachts, wenn er allein war und in dem Buch blätterte, tat Boba so, als wäre sein Vater noch irgendwie am Leben.

Das funktionierte aber nie sonderlich lang.

Im Augenblick war das Buch in seiner Tasche. Boba musste nicht hineinschauen. Er wusste, was über Tatooine darin stand.

„Es gibt drei Dinge, die du jetzt, nachdem ich nicht mehr da bin, brauchst", hatte die Stimme seines Vaters gesagt. „Das erste ist Unabhängigkeit. Dazu musst du Tyranus finden, um an die Credits zu kommen, die ich für dich zur Seite gelegt habe. Das zweite ist Wissen. Dazu musst du Jabba finden. Er wird es dir aber nicht geben; du musst es dir nehmen."

Jabba the Hutt! Einer der berüchtigsten Gangster und Verbrecherfürsten der Galaxis! Und der berühmteste und abscheulichste Bewohner von Tatooine.

Jabba war der Grund, weshalb Boba an diesem verlassenen und trostlosen Planeten anlegte.

Boba hatte Tyranus schon gefunden. Deshalb war Boba auch auf Aargau gelandet. Tyranus war der Mann gewesen, der Jango als genetisches Vorbild für die Klon-Armee der Republik ausgesucht hatte.

Aber Tyranus war auch Count Dooku, der wiederum die Feinde der Republik anführte, die Separatisten. Und nur Boba wusste, dass diese beiden Personen ein und derselbe Mann waren.

Wissen ist Macht, hatte sein Vater ihm immer gesagt. Doch sogar die Macht des Wissens konnte begrenzt sein.

Um Wissen zu erlangen, musst du Jabba finden. Er wird es dir aber nicht geben; du musst es dir nehmen.

Boba war Aurra Sing entkommen und hatte es geschafft, Aargau zu verlassen, doch zum Überleben brauchte er mehr Credits. Er brauchte mehr Macht. Er brauchte mehr Wissen. Er holte tief Luft und streckte dann die Hand nach der Steuerkonsole aus, um die Koordinaten von Mos Espa einzugeben, dem belebten Raumhafen von Tatooine.

„Fertigmachen zur Landung“, sagte er zu seinem Schiff und zu sich selbst.

Boba gab es nur widerwillig zu, aber er brauchte Jabba the Hutt.

Kapitel 2

„Planeten sind wie Leute", hatte Bobas Vater immer gesagt. „Sie haben individuelle Persönlichkeiten."

Damals hatte das für Boba keinen Sinn ergeben.

Doch in der Zwischenzeit hatte Boba erfahren, dass es stimmte.

Seine Heimatwelt Kamino zum Beispiel war grau, düster und immer von Wolken verhangen, von Regen geplagt, der Monate über Monate andauern konnte. Die Einwohner von Kamino waren genau wie ihr Planet. Sie waren kühl und es hatte den Anschein, als würden sie sich nie ändern. Sie hatten gute Manieren, waren aber ständig darauf bedacht, die Kontrolle über alles zu behalten. Sie waren das ideale Überwachungspersonal für die Entwicklung der Klon-Armee.

Der Planet Aaargau, der vom Intergalaktischen Bankenclan kontrolliert wurde, war auf der Oberfläche streng geordnet. Doch unter dieser Oberfläche befand sich das Chaos der Unterstadt. In der Unterstadt war *alles* möglich.

Und Tatooine?

Als die *Slave I* in den Landeanflug ging, sah Boba den Raumhafen dort unten an. Es war eine Ansammlung von Kuppeln, Vergnügungs- und Spieltürmen. Er sah lange Lagergebäude und die rostigen Beine von veralteten Raumverkehrs-Kontrolltürmen. Er sah Rennarenen, Kolosseen und Schrotthaufen. Das größte Gebäude war die gewaltige Arena-Zitadelle. Hier begannen die Podrennfahrer ihre Rennen, bevor sie in die Wüste hinaus schossen.

Alles war mit einer dicken Staubschicht bedeckt. Die schäbigen Gebäude von Mos Espa sahen aus, als wären sie gewaltige Sandwürmer, die aus dem Boden gekrochen und dann umgefallen waren, zu erschöpft, um weiterzugehen. Hinter den Grenzen dieses Raumhafens erstreckte sich das riesige Dünenmeer, ein einziges Ödland aus Sand, Staub und vom Wind geformten Felsbrocken.

Wenn Tatooine eine Persönlichkeit hat, dachte Boba wenig erfreut, *dann ist es eine ziemlich gespaltene.*

Die *Slave I* kreuzte langsam über das Netzwerk der Landebuchten. Von hier oben sahen sie aus wie Krater voller Überwachungseinrichtungen und Reparaturausrüstung. Droiden liefen wie Ameisen darin hin und her. Boba sah nach unten und versuchte herauszufinden, welche Landebucht wohl am sichersten war. Er hatte kaum noch genug Credits für die Landegebühr und keine zum Auftanken. Bis zu seinem Treffen mit Jabba the Hutt hatte er kein Geld mehr.

Was würde mein Vater tun?, dachte er.

Da fiel es ihm plötzlich ein.

Er setzte den mandalorianischen Kampfhelm seines Vaters auf, der ihm jetzt besser als noch vor ein paar Monaten passte, wie er stolz feststellte. Er spürte die leichte Wärme, als die Augensensoren des Helms seine Retinas scannten und hörte dann das beruhigende Summen, als das interaktive System ihn erkannte.

Er suchte die Datenbanken der *Slave I* nach den Docking-Buchten ab, die Jango Fett zuletzt benutzt hatte.

Der Nav-Computer teilte ihm mit, dass die besagten Docks einem gewissen Mentis Qinx gehören.

Boba gab die Koordinaten ein und lehnte sich im Pilotensitz zurück. Das Schiff kippte sanft wie fließendes Wasser ab und begann den Sinkflug mitten in ein Chaos von baufälligen Türmen, die eine große und stark beschädigte Landebucht umgaben.

Boba lächelte. Er rückte seinen mandalorianischen Helm zurecht und prüfte, ob sein Buch in seiner Tasche war. Ein paar Minuten später landete die *Slave I* sicher im Raumhafen von Mos Espa.

Er hatte es geschafft. Doch das war erst der Anfang.

Als Nächstes musste er Jabba finden.

Boba beschloss, den Helm zu tragen, zumindest vorerst. So würde niemand erkennen, wie jung er war. Er trug die normale mandalorianische Uniform – eine graublaue Tunika und die passende Hose dazu, ein etwas dunkleres Hemd und hohe schwarze Stiefel. Mit dem Helm auf dem Kopf hätte er irgendjemand von kleinerer Statur sein können. Er hätte ein Mrlssi-Physiker sein können, ein Bimm-Händler oder ein Pilot von Sullust.

Niemand brauchte zu wissen, dass er nur ein Junge war.

Er räusperte sich und stieg aus der *Slave I*, hinaus in die Landebucht.

Die Luft von Tatooine traf ihn wie eine Faust. Es war eine heiße, trockene Luft, die so stark mit Staub geschwängert war, dass Boba ihn trotz seines Schutzhelms auf der Zunge schmecken konnte. Ein paar Meter entfernt rollten kleine Service-Droiden unter einem Schiff hin und her. Überall lagen Treibstoffschläuche und Reparaturausrüstung. Boba sah sich nach jemandem um, der vielleicht zuständig sein könnte; er versuchte, so aufrecht wie möglich zu stehen, um Entschlossenheit auszustrahlen.

„Sir!" Eine glatte Stimme begrüßte ihn. Offensichtlich hatte irgendjemand das Schiff erkannt. „Jango Fett, stimmt's?"

Eine glänzende Gestalt kam auf ihn zu – ein silbern beschichteter Verwaltungs-Droide vom Typ 3D-4X. Sein einfach gestalteter, rohrförmiger Kopf drehte sich von Boba zur *Slave I*.

„Fett, genau", sagte Boba. Er spürte einen leisen Anflug von Erleichterung. Ein Droide war leichter zu täuschen als jedes lebende Wesen. „Ich muss mein Schiff hier eine Weile parken."

„Sehr gut, sehr gut", sagte der Droide. Er blieb stehen. Boba hörte einen abgehackten Strom von Silben aus dem Stimmtransmitter der Maschine. Dann drehte sich der Droide wieder zu ihm um. „Master Qinx wünscht Euch daran zu erinnern, dass da noch eine Kleinigkeit auf Eurem Kundenkonto offen steht."

Boba schluckte. Sein Gesicht fühlte sich an, als würde es unter dem Helm schmelzen. Er holte tief Luft, streckte die Brust heraus und sagte: „Das ist mit bekannt. Hier ..."

Er hielt dem Droiden einen Credit-Chip hin – das einzige,

was vom Vermögen seines Vater übrig geblieben war. Der Droide scannte den Chip und rotierte dann mit dem Kopf.

„Das reicht nicht."

„Auch das ist mir bekannt", sagte Boba schnell. Er war froh, dass der Droide sein Gesicht nicht sehen konnte. „Bitte informiert Euren Meister darüber, dass ich eine Privataudienz bei Jabba the Hutt habe, um ein paar alte Geschäfte mit ihm zu besprechen. Wenn ich mich mit Jabba getroffen habe, werde ich den vollen Betrag begleichen."

„Master Qinx hat ausdrücklich angewiesen, dass ..."

Boba schüttelte den Kopf. „Ich bin mir sicher, dass Euer Meister nicht der Grund für eine Verspätung bei Jabba sein möchte", sagte Boba in einem warnenden Tonfall, den er so oft bei seinem Vater gehört hatte. „Ich kann Jabba natürlich davon in Kenntnis setzen, dass es eine Verzögerung geben wird ..."

Boba drehte sich um und ging auf sein Schiff zu. Er atmete hektisch. Was wäre, wenn der Droide dahinterkäme, dass er nur bluffte?

Hinter sich hörte er das Aufheulen der eingebauten Comm-Unit des 3D-4X.

„Also gut", sagte der Droide. Seine gleichförmige Stimme klang beinahe nervös. „Wir wollen Euer Treffen mit Jabba the Hutt natürlich nicht verzögern. Braucht Ihr etwas nach Eurer Rückkehr?"

Boba, der sich hinter seinem Helm sicher fühlte, grinste. *Warum nicht*, dachte er.

„Ja", sagte er. „Bitte überholt mein Schiff komplett. Und tankt es auf."

„Natürlich, Sir." Der Droide ging entschlossen zu einer Gruppe Service-Droiden. „Ihr da! Lasst das bleiben und kommt sofort hierher!"

Boba sah noch, wie die Droiden summend und pfeifend die *Slave I* umringten. Dann drehte er sich um und ging zur Rampe, die auf die Straße hinaus führte.

Vielleicht wird das hier einfacher, als ich dachte! Er strich die Vorderseite seiner Tunika zurecht und ging mit hoch erhobenem Kopf hinaus. *Jabba, ich komme!*

Aber bereits eine Minute später hatte er sich schon hoffnungslos verlaufen.

Kapitel 3

Mos Espa hatte, aus der Luft betrachtet, zwar verwirrend ausgesehen, aber nicht so chaotisch. Boba hatte Straßen und Gassen gesehen, sogar Hauptstraßen, die in die Wüste hinaus führten. Es war alles recht kompliziert, aber er war davon ausgegangen, dass es ein Muster geben würde. Und wenn es eines gab, würde er es auch entschlüsseln.

Doch kaum war er unter dem Vordach der Landebucht hervorgetreten, da wurde ihm klar, dass es kein Muster gab. Das Ganze unterlag keinerlei anderer Logik als der des Kaufens, Verkaufens und Stehlens.

Einen Augenblick vergaß Boba, so zu erscheinen, als hätte er alles im Griff.

„Wow“, hauchte er vollkommen überwältigt.

Aus der Luft betrachtet hatte Mos Espa – ganz Tatooine – so ausgesehen, als hätte alles dieselbe Farbe. Die Farbe von Sand, Staub und nacktem Fels.

Doch jetzt, da er mitten drin stand, sah Boba, dass das nicht stimmte. Sein Vater hatte ihm einst erzählt, wie man die ganze

Welt in einem Sandkorn erkennen konnte. Boba hatte das Gefühl, dass er genau das gerade sah.

Um ihn herum war alles ein Wirbel aus Gold, ausgeblichtem Braun und Beige. Alte Gebäude aus geborstenen Steinen und Ziegeln; Straßen aus rissigem Kopfsteinpflaster und Gassen aus getrocknetem Lehm. Überall standen Wasserbehälter, verrostete Tanker und zerbrochene, nicht mehr funktionierende Wasser-Evaporatoren.

Und überall gab es Lebensformen. Sie liefen rechts und links an ihm vorbei, alle durch dicke Kleidung vor dem gnadenlosen Wind und Staub geschützt. Er sah Gruppen von winzigen Jawas in schmutzigen, braunen Kapuzenroben. Ihre gelben Augen leuchteten unheilvoll, während sie so dahingingen. Ein paar von ihnen ritten auf großen, gemächlichen Rontos, die ihre gehörnten Köpfe drehten und Boba gelassen ansahen.

Überall gab es babbelnde Händler, die Wasser oder Schmuggelware verkauften. Da waren feeorianische Piraten mit Gesichtern voller leuchtend blauer Tentakel. Und wunderschön gekleidete Frauen, die – mit Juwelen behängt und maskiert – unterwegs zu den Hutt-Casinos waren.

„Magravianisches Gewürz gefällig, Mylord?“, zischte eine Stimme neben Bobas Helm. „Es macht Eure Reflexe so scharf wie chrsyalidische Klauen!“

Boba schüttelte den Kopf, als er den kurzschnäuzigen Rodianer sah, der ihm seine dreckige Hand hinhielt.

„Nein danke“, sagte Boba. Er ging schnell ein paar Schritte in die Straße hinein.

„GEGGAUUREIIIIH!“, rief da eine Stimme.

Boba hob den Kopf und sah einen riesigen Umriss vor sich

aufragen. Es war ein Bantha, der seinen gewaltigen, buckligen Körper vor und zurück wiegte. Auf seinem Rücken stand ein bewaffneter Tusken Raider. Boba starrte ihn beeindruckt an; er wusste, dass man Tusken Raider nur selten so weit entfernt von ihrer Wüstenheimat sah.

Der Raider schrie Boba drohend an. Der verstand zwar nicht, was das Wesen sagte, doch er konnte es sich denken.

Aus dem Weg!

Boba sprang aus dem Weg und spürte noch das borstige Fell des Bantha an seiner Seite, als das Tier vorbeizog. Und er hörte ein zischendes Geräusch, als der Kampfstab des Raiders knapp über seinem Kopf durch die Luft sauste.

Das war knapp – viel zu knapp, dachte Boba.

Er lief weiter. Dann stand er vor einem heruntergekommenen Gebäude voller Wesen: einer Kneipe oder Cantina, wie man auf Tatooine sagte. Droiden und allerhand Wesen, Einwanderer und Eingeborene von Tatooine hingen vor der Cantina herum oder kamen und gingen. Verdächtig aussehende Männer in staubigen Roben boten schnatternde Bestien in Käfigen feil – Neeks von Ambria – und krabbenartige Suuri, phosphoreszierende Gallertbälle in Glaskugeln.

„Junger Krieger!“, rief ein Schmuggler mit tiefer Stimme, als Boba vorbeikam. „Ich habe die allerfeinsten Blaster, sehr billig und wirklich vom Allerfeinsten.“

Boba ignorierte ihn. Erst als er die Tür der Cantina erreicht hatte, ging er langsamer.

Von drinnen drangen betrunkener Gesang, gedämpfte Rufe und das Klacken von Mung-Tee-Bällen heraus.

Und das Beste von allem: der Duft von Essen.

Boba hielt inne. Ihm lief das Wasser im Mund zusammen. Er wusste, dass er keine Credits mehr hatte, aber vielleicht konnte er ja einen nicht ganz leer gegessenen Teller ergattern. Erwachsene waren bekannt dafür, dass sie ihre Teller nicht leer aßen. Er sah sich um, versicherte sich, dass sein Helm korrekt saß und öffnete die Tür.

Drinnen war der Lärm geradezu ohrenbetäubend. Ebenso wie der Noghri-Wachmann, der Boba anstarrte.

„Alle Waffen zeigen!", brüllte er. „Das ist keine Cantina wie in Mos Eisley – hier gibt es keine Feuergefechte!"

Boba hob seine leeren Hände. Der Noghri tastete ihn oberflächlich ab. Boba hielt die Luft an. Er hatte Angst, dass der Wachmann den Helm anheben und dann erkennen würde, dass Boba kein kleiner Krieger, sondern wirklich nur ein Kind war.

Doch glücklicherweise hatte der Noghri dafür keine Zeit, denn hinter Boba tauchte eine Gruppe randalierender Wookies auf.

„Geh schon weiter!", brüllte der Wachmann und winkte Boba durch. „Der Nächste!"

Boba trat durch einen Durchgang in den Gastraum. In der Mitte stand eine lilafarben beleuchtete Bar, ansonsten war alles voller Tische. Von irgendwoher ertönte eine Art Flötenmusik, die den Lärm nur noch schlimmer machte. Überall waren Humanoiden und andere Wesen, die die Köpfe zusammengesteckt hatten, während sie Pläne schmiedeten, verhandelten oder einfach nur aßen und tranken. Service-Droiden gingen zwischen den Gästen umher, säuberten die Tische oder füllten Drinks nach.

Boba sah sich um.

„Da!", murmelte er. Im hinteren Bereich des Raumes erspähte er einen leeren Tisch. Es standen noch ein paar Teller darauf. Boba sah sich verstohlen um, um sicherzugehen, dass ihn niemand beobachtete. Dann schlenderte er lässig zu dem Tisch hinüber.

„Ja!", flüsterte er zu sich selbst. „Treffer!"

Irgendjemand hatte einen Teller mit Roba unangetastet stehen lassen. Boba griff nach einer Roba und führte sie an den Mund.

Noch warm. Er biss ab, kaute und schluckte herunter, dann griff er nach dem Yan.

„Heh!"

Boba schluckte. Er drehte sich um und sah eine große Frau in einer Myrkr-Pilotenuniform. Sie sah ihn böse an. Ihre Hand ruhte auf dem Blaster an ihrer Hüfte.

Hinter ihr tauchte noch eine Pilotin auf. Boba wollte sich gerade zurückziehen, als eine erdrückend große Hand auf seiner Schulter landete.

„Mandalorianischer Abschaum!", sagte eine tiefe Stimme. „Du wagst es, dieselbe Luft wie ich zu atmen?"

Boba wand sich unter dem Griff zur Seite und sah eine Gestalt, die wenigstens drei Meter groß war. Vom behelmten Kopf bis zu den gestiefelten Füßen war alles in eine glänzende Panzerung eingepackt. Der Mann trug einen Blaster, der so lang wie sein Arm war; an seiner Hüfte hingen Messer und noch mehr Blaster.

Doch am schlimmsten war das Bild auf seiner Brust: die Darstellung eines bleichen mandalorianischen Totenschädels.

„Gibt's ein Problem, Durge?", fragte eine der Pilotinnen.

Durge.

Boba starrte den Riesen an. Seine Hände und sein Nacken wurden plötzlich eiskalt. Vor ihm stand eine Respekt einflößende Gestalt, deren Augen hinter dem Helm bösartig rot leuchteten.

„Wenn ich einen Mandalorianer sehe", sagte Durge und hob einen Arm, „dann gibt's immer ein Problem. Vor allem, wenn es einer ist, den ich für Count Dooku finden soll."

Kapitel 4

Bobas Herz klopfte wie wild. Doch er blieb tapfer stehen und starrte die Gestalt vor sich an.

Durge! Sein Vater hatte Boba immer vor ihm gewarnt. Durge war ein zweitausend Jahre alter Kopfgeldjäger, der die Mandalorianer mehr als alles andere in der Galaxis hasste. Ungefähr einhundert Jahre vor Bobas Geburt hatte Durge versucht, den Regenten der Mandalorianer zu entführen. Doch es war ihm nicht gelungen und stattdessen war er selbst gefangen genommen und gefoltert worden.

Durge war schließlich entkommen und hatte sich in einen künstlichen Tiefschlaf begeben, um sich von seinen Wunden zu erholen. Als er vollkommen genesen wieder aufgewacht war, hatte er allen Mandalorianern Rache geschworen.

Dabei war es jetzt zu spät für Rache. Doch damals hatte es noch ein paar Mandalorianer in der Galaxis gegeben. Sie waren im Verlauf zahlloser Kämpfe ausgerottet worden, ein paar davon hatten sie mit den Jedi geführt.

Und doch war noch ein Teil von Jango Fett am Leben, und

zwar in Form der Klon-Armee, die mit Hilfe seiner DNS erzeugt worden war. Durge hatte geschworen, alle von Jangos Klonen zu eliminieren ... und in Count Dookus Dienste zu treten.

Was würde er tun, wenn er erführe, dass Jangos wahrer Sohn vor ihm stand?

Ich werde nicht warten, um es herauszufinden, dachte Boba grimmig.

Er holte tief Luft. Und in dem Moment als Durge seine Faust auf ihn herabsausen ließ, tauchte Boba zwischen den Füßen des Kopfgeldjägers hindurch.

Gut, dass er so groß ist! Boba lief so schnell er konnte davon.

„Schnappt ihn euch!"

Boba rannte zur Tür. Service-Droiden piepten aufgeregt und machten sich davon. In der Nähe der Tür zogen sich drei Wookies an die Wand zurück und bellten aufgeregt.

BLAMM!

Über Bobas Kopf explodierte ein Blastereinschuss. Boba hörte Schreie und Blasterschüsse.

„Heh, du!", rief der Noghri-Wachmann, als der junge Kopfgeldjäger an ihm vorbeizischte. Er griff nach Boba, doch der war schneller. Eine Sekunde später war er vor der Tür.

„Was bin ich froh, draußen zu sein", keuchte er.

Er lief immer weiter, bis die Cantina hinter ihm außer Sichtweite geriet. Noch immer waren überall Massen von Wesen, doch niemand schien Notiz von ihm zu nehmen.

Wahrscheinlich sind sie hier an Leute gewöhnt, die verfolgt werden, dachte Boba. Er bog ab und lief eine Seitenstraße entlang.

Langsam überkam ihn Erschöpfung. *Ich sollte lieber eine Pause machen, bevor ich …*

Da stolperte er über einen Müllhaufen. Er fiel mit einem Stöhnen auf einen unebenen Gehweg, die Hände instinktiv ausgestreckt, um den Sturz abzufangen.

Doch das reichte nicht. Er schlug voll auf den harten, staubigen Boden auf.

„Uff!"

Er traf mit dem Kopf zuerst auf, und zwar so hart, dass ihm die Luft wegblieb. An seinen Helm dachte er zu spät.

„Nein!"

Boba spürte hilflos, wie der Helm von seinem Kopf rutschte. Er griff danach und spürte einen Moment die glatte Metalloberfläche. Dann glitt ihm der Helm aus der Hand.

Er war weg.

Um Boba war ein einziges Meer aus Beinen und Füßen. Füße in Stiefeln, Füße mit Hufen, Füße mit Klauen.

Aber wo war sein Helm?

Verzweifelt robbte er auf Händen und Füßen vorwärts. Er ignorierte die Flüche und Rufe der Leute, die ihm aus dem Weg gehen mussten. Ein gestiefelter Fuß trat nach ihm. Irgendjemand lachte. Boba biss die Zähne zusammen und ging weiter.

Da!

Er konnte den Helm sehen, nur eine Armlänge entfernt. Da war die vertraute schwarze Sichtscheibe, die seine Augen bedeckte, wenn er den Helm trug.

Boba rappelte sich auf und streckte die Hand nach dem Helm aus.

Und gerade als er ihn hatte, schnappte ihn ihm irgendjemand weg!

„Suchst du was Bestimmtes?"

Boba richtete sich wütend auf. „Der gehört mir! Gib ihn her!"

„Dir?" Die Stimme schnaubte ungläubig. „Das sehe ich aber anders."

Boba schaute auf. Vor ihm stand ein Mädchen. Es war vielleicht ein Jahr jünger als er. Es war kleiner als Boba und um einiges schmutziger. Das Gesicht des Mädchens war voller Staub und Ruß und seine Haare sahen auch nicht anders aus. Sie sahen braun aus, doch Boba hatte den Verdacht, dass sie unter dem Schmutzfilm dunkelblond waren. Das Mädchen war dünn, sah beinahe ausgehungert aus und trug zerrissene, alte Kleidung – den abgetragenen Arbeitsoverall eines Ugnaught-Mechanikers, der viel zu groß und mit einer dreckigen Schnur um die Hüften festgebunden war. Das Mädchen hatte stechend blaue Augen.

Es mochte vielleicht jünger als Boba sein, doch es machte einen äußerst entschlossenen Eindruck.

„Wo solltest *du* wohl einen mandalorianischen Kampfhelm her haben?", fragte das Mädchen. Es hielt den Helm hoch und sah ihn nachdenklich an.

„Der ist ganz schön viel wert", sagte das Mädchen. Es schaute Boba mit einem Blick an, der sowohl misstrauisch als auch anerkennend war. „Wo hast du ihn gestohlen?"

„Ich habe ihn nicht gestohlen!" Er machte einen Satz nach vorn und schnappte nach dem Helm, doch das Mädchen war schneller. Bevor er noch etwas sagen konnte, war es bereits auf der anderen Seite der Straße und lief mit dem Helm unter dem Arm davon.

Boba sah dem Mädchen verblüfft hinterher.

„Niemand nimmt mir weg, was mir gehört!", rief er und nahm die Verfolgung auf.

Kapitel 5

Die kurvige Straße war noch bevölkerter als die, die er gerade verlassen hatte. Doch dieses Mal kam Boba seine kleine Statur zu Hilfe. Er konnte sich so schnell wie ein Ralltiirieel zwischen den Leuten hindurch bewegen. Das Mädchen konnte er dabei leicht im Blick behalten, denn es war nicht größer als er. Er stellte fest, dass ihm die Verfolgung sogar Spaß machte.

Er folgte dem Mädchen keuchend an Eingängen vorbei, in denen Schmuggler lauerten, durch dunkle, enge Gassen voller Packtiere wie haarigen Tybis und gewaltigen Banthas. Er rannte über einen Marktplatz, der zum größten Teil von einem riesigen Raumschiff und plappernden Jawas eingenommen wurde. Sie zerlegten das Schiff bereits, um die Teile auf dem Schwarzmarkt zu verkaufen. Das Mädchen rannte trotz seiner nackten Füße unermüdlich weiter.

„Halt!“, schrie Boba.

Doch als er die Blicke der Jawas sah, wurde ihm klar, dass schreien ein Fehler war. Ab jetzt würde er schweigend laufen und sich den Atem für das Rennen sparen.

Das Mädchen lief immer weiter und weiter. Boba musste geduckt unter Sonnensegeln hindurch laufen, über Müllhaufen und die qualmenden Reste eines Lagerfeuers von Bettlern hinweg springen. Doch nach einigen Minuten holte er langsam auf. Das Mädchen war klein und schnell und kannte sich in Mos Espa hervorragend aus.

Doch Boba war stärker.

Und der mandalorianische Helm war zu schwer für das Mädchen – das sah er an der Art, wie es ihn in die Hüfte stemmte. Einmal ließ das Mädchen ihn beinahe fallen und Boba dachte, dass er ihn endlich wieder zurück hätte. Er streckte die Hand nach ihm aus und spürte schon den rauen Stoff des schmutzigen Overalls, die glatte Rundung seines Helms ...

Doch das Mädchen riss den Helm mit einem Schrei an sich und drückte ihn gegen die Brust. Dann bog es scharf rechts ab und verschwand in einem Gebäude. Boba blieb dem Mädchen auf den Fersen.

Er blieb nicht stehen, um zu sehen, wohin es lief. Das würde ihn nur unnötig Zeit kosten. Das Gebäude war eigentlich nicht mehr als eine große Halbkugel im Sand. Zwei dünne, aneinander gelehnte Holzstangen bildeten einen Eingang, vor dem ein zerrissenes Stück Stoff hing.

Doch Boba zögerte nicht. Er lief in das Gebäude hinein und eine Sekunde später befand er sich in völliger Dunkelheit.

Jetzt blieb er stehen und schnappte nach Luft. Dann legte er den Kopf zur Seite und horchte. Irgendjemand keuchte ebenfalls.

Das Mädchen.

„Ich weiß, dass du hier bist", sagte er. Und plötzlich war er so wütend, dass er nicht mehr darüber nachdachte, was sein Vater wohl an einem solchen Ort unternommen hätte – nämlich nicht das, was Boba als Nächstes tat.

Er streckte eine Hand aus, ohne sich umzusehen. Dann trat er nach vorn.

Etwas Weiches berührte sein Bein. Er ging zur Seite, weil er dachte, es wäre nur ein dreckiges Stück Stoff vom Eingang.

Doch das war es nicht. Noch bevor er blinzeln konnte, wurden ihm Hände über die Augen gelegt. Andere Hände packten ihn bei den Knöcheln und rissen ihn zu Boden.

„Heh!"

„Kein Wort, Fremder."

Er spannte sich an und hob die Hand, um zuschlagen zu können. Dann spürte er etwas Kaltes an seiner Kehle.

Ein Messer.

„Wenn du dich bewegst, bist du tot", sagte eine tiefe Stimme.

Boba holte tief Luft und zwang seinen Körper zur Ruhe. Hände tasteten ihn ab, glitten in seine Taschen und schlossen sich um sein Buch.

„Da ist etwas!"

Boba zerrte ohne nachzudenken an dem Buch. Die eisig kalte Klinge wurde fester an seine Kehle gedrückt. Boba musste all seinen Willen aufbringen, um sich nicht zu bewegen.

„Was ist das?", fragte irgendjemand flüsternd.

„Ein Buch."

Der andere jemand gab ein verächtliches Geräusch von sich. „Ein Buch? Wer braucht schon ein *Buch?* Weg damit!"

„Gebt es mir!" Boba erkannte die Stimme des Mädchens. „Wenn du jemals ein Buch *lesen* würdest, würde sich vielleicht endlich mal ein Gehirn zwischen deinen Ohren entwickeln, Murzz."

Er hörte ein Gerangel und einen gedämpften Schrei. Dann wieder die Stimme des Mädchens.

„Wow, seht euch das mal an!" Dieses Mal klang sie nicht misstrauisch, sondern nur bewundernd. „Mal sehen, was er sonst noch hat!"

Noch mehr kleine Hände durchsuchten seine Taschen, seine Ärmel und sogar seine Stiefel. Doch sie fanden nichts.

Ihr könntet euch eine Menge Ärger ersparen, dachte Boba grimmig, *wenn ihr mich einfach gehen lassen würdet.*

Er starrte in die Dunkelheit, die ihn umgab, und blinzelte. Seine Augen gewöhnten sich jetzt langsam an die Dunkelheit. Er konnte mit Mühe eine schattenhafte Gestalt ausmachen, die neben ihm kniete – es war die Person, die ihm das Messer an die Kehle hielt. Noch zwei – nein drei – weitere, kleinere Gestalten bewegten sich um ihn herum.

Keine dieser Gestalten schien das Mädchen zu sein. Boba kniff die Augen zusammen, konnte es aber nirgends erkennen.

Doch hören konnte er es.

„Sucht weiter!", befahl es aus dem Schatten. „Wer auch immer dieser Junge ist, er hat interessante Fracht dabei. Sehr interessante."

Kleine Finger tanzten über Bobas Wangen, betasteten seine Ohren und dann sogar seinen Mund.

Sie suchen nach Schmuck, dachte Boba. *Und nach Goldzähnen.*

Er blieb regungslos liegen und wartete, bis einer der Finger in seinen Mund gesteckt wurde. Dann biss er zu.

Fest.

„Aahhhhh!"

Die Gestalten liefen von ihm weg, in die Dunkelheit des höhlenartigen Raums. Boba packte die Hand, die an seinem Hals lag. Er drehte sie so lange um, bis er ein leises Stöhnen und das Geräusch von fallendem Metall hörte. Dann schlug er blind zu. Er spürte, wie seine Hand etwas traf, das sofort nachgab. Boba rappelte sich auf und ergriff die Person, die neben ihm zu Boden gefallen war.

„Hilfe, Ygabba!"

„Sei still!", sagte Boba. Er zog die Gestalt auf die Beine. In der Dunkelheit erkannte er ein kleines, schmales Gesicht, streichholzdünne Arme und einen wilden, rauchschwarzen Haarschopf.

Nur ein Kind. Und auch noch viel kleiner und jünger als Boba.

Boba spürte plötzlich einen Anflug von Reue. Doch dann fiel ihm das Gefühl des kalten Metalls an seiner Kehle wieder ein. Er warf einen Blick nach unten und sah, wie etwas silbern bei seinen Füßen glänzte. Ohne den kleinen Jungen loszulassen, bückte er sich und hob das Messer auf. Er spähte in den Schatten.

„Gebt mir meinen Helm zurück", rief er. „Oder ..."

„Oder was?"

Es war das Mädchen. Doch jetzt konnte er schon wieder so gut sehen, dass er es erkannte, als es auf ihn zukam. Das Mädchen hielt eine kleine Lampe aus Plaststahl hoch und schaltete sie an. Helles weißes Licht durchflutete den Raum. Boba schirmte seine Augen ab. Der Junge an seiner Seite wand sich unter seinem Griff und versuchte freizukommen.

„Du würdest ihm nichts antun“, fuhr das Mädchen fort. Es sah Boba mit einem Blick an, der ebenso hell und blendend wie das Licht der Lampe zu sein schien. „Du bist nicht wie wir.“

Du bist nicht wie wir. Es klang wie eine Herausforderung.

Boba erwiderte den Blick des Mädchens und sagte: „Nein, das bin ich nicht. Ich bin auf jeden Fall kein Dieb.“

„Nein?“ Das Mädchen lächelte ihn kühl an. Es hielt den mandalorianischen Helm hoch – *seinen* Helm – und das Buch. *Sein* Buch. „Wie bist du dann an das hier gekommen? Und daran?“

Boba starrte das Mädchen ebenso kühl an. „Die Sachen gehören mir.“

Der kleine Junge an seiner Seite begann zu jammern. Boba sah zu ihm hinunter. „Sei still“, flüsterte er.

Boba betrachtete das Messer in seiner Hand und schaute dann zu dem Mädchen hinüber. Auf ihrem Gesicht tauchte ein leichter Anflug von Unsicherheit auf.

Unsicherheit? Oder war es gar Angst?

Angst ist dein Freund, wenn sie die Angst deines Gegners ist, hatte sein Vater immer gesagt.

Doch das Mädchen schien keine Angst vor Boba zu haben. Es sah ihn weiter herausfordernd an. Und dabei fiel ihm auf, dass der Blick des Mädchens immer wieder auf den kleinen Jungen fiel, den er festhielt.

Das Mädchen hat keine Angst vor mir, dachte Boba. *Es hat Angst um ihn.*

„Gib mir meine Sachen zurück und ich lasse ihn gehen", sagte Boba. „Siehst du?" Er hob das Messer an und schob es dann in seinen Gürtel. „Ich will nur zurückhaben, was mir gehört."

In seine Stimme hatte sich jetzt etwas Verzweiflung eingeschlichen. Nicht etwa weil er Angst hatte – obwohl er natürlich Angst hatte. Nur ein Narr hat nie Angst.

Ich darf diese Sachen nicht verlieren. Er spürte, wie ihm kalt in der Magengrube wurde, so als hielte ihm jemand ein Messer dorthin. *Das ist alles, was mir von ihm geblieben ist.*

„Was dir gehört?" Das Mädchen lachte voller Ironie. „Das glaube ich nicht. Aber ..."

Es kam zu ihm. Boba bemerkte, dass die anderen Kinder hinter dem Mädchen standen und aufmerksam zusahen.

„Du musst entweder sehr schlau sein oder sehr viel Glück gehabt haben, dass du einen mandalorianischen Kampfhelm in die Finger bekommen hast", sagte das Mädchen. „Wir suchen immer schlaue Rekruten. Und solche, die Glück haben."

Boba schüttelte den Kopf. „Ich habe kein Interesse. Ich arbeite allein."

Ein hartes Lächeln machte sich langsam auf dem Gesicht des Mädchens breit. „Dann wirst du auf Tatooine nicht weit kommen", sagte es. „Und hier brauchst du alles Glück, das du haben kannst."

Das Mädchen hob langsam den Arm, die Hand zur Faust geballt. Die anderen Kinder taten dasselbe. Boba starrte sie an. Die Fäuste der Kinder öffneten sich wie die Blüten giftiger Blumen. Dann streckten sie die Handflächen aus, sodass Boba sie sehen konnte.

In der Mitte jeder Handfläche befand sich je ein Auge. Und alle diese Augen waren auf Boba gerichtet.

Kapitel 6

„Was ... was ist das?“, fragte Boba stotternd.

„Das sind die Augen des Meisters“, antwortete das Mädchen namens Ygabba ruhig.

„Des Meisters?“

Ygabba drehte sich ohne ein weiteres Wort um und verschwand in der Dunkelheit. Boba sah ihr verwirrt und beunruhigt hinterher. Der Junge an seiner Seite gab ein Mitleid erregendes Jammern von sich. Boba blickte beschämt nach unten – den Jungen hatte er beinahe vergessen.

„Ygabba!“, rief der Junge. Das Mädchen ging ohne einen Blick weiter. „Ygabba, *bitte* warte!“

Boba überkamen Schuldgefühle. Beim Anblick dieser großen Augen musste er sich zu Härte zwingen. Er lockerte seinen Griff um das Handgelenk, aber nur ein klein wenig.

Doch das war schon genug. Der Junge riss sich mit einem schrillen Lachen los. Er entkam Boba und rannte fröhlich den anderen hinterher. Boba stöhnte auf und folgte ihnen.

Es dauerte nur ein paar Minuten, da hatte er sie eingeholt. Der dunkle Raum verengte sich zu einem Tunnel. Die Wände bestanden aus einem dünnen, durchsichtigen Material. Sand war durch Schlitze in den Seiten gedrungen. Die Kinder waren nicht mehr weit vor ihm. Sie gingen langsam, ohne rechte Eile. Er hörte sie lachen und schnappte Fetzen einer Unterhaltung auf.

„... wird der Meister jetzt zufrieden sein?"

„Ist mir egal, solange er uns etwas zu essen gibt!"

„Pst, alle miteinander!"

Der Tunnel weitete sich vor ihnen zu einer kreisförmigen Öffnung. Ein blasses, orangefarbenes Licht drang daraus hervor. Die Kinder sahen in dem Licht aus wie schwarze Schattenpuppen vor einem Feuer. Boba kam als Letzter. Er sah sich um und suchte die kleine Diebin.

„Willkommen, Fremder", begrüßte ihn eine Stimme.

Er schaute auf. Dort saß sie auf einem hohen Metallgerüst. Sie hob die Hand und er sah das schreckliche Auge, das ihn beobachtete. Ihre nackten Beine baumelten in der Luft. Sein Helm lag in ihrem Schoß.

„Keine Sorge", sagte sie. „Sie können dir nichts tun. Die Augen meine ich."

Boba schaute sich erstaunt um.

Er befand sich in der Kabine eines Raumschiffs. Und es war nicht irgendein Raumschiff, sondern ein Theed-Kreuzer. Er erkannte das Schiff, weil er einst auf Kamino die Pläne im Apartment seines Vater studiert hatte.

„Wie ... wie habt ihr das hierher gebracht", fragte er.

„Auf dieselbe Weise, auf die ein mandalorianischer Helm in deine Hände geraten ist", sagte das Mädchen lachend. „Jemand hat es gestohlen."

Ygabba nahm den Helm in die Hände und betrachtete ihn lange. Dann drehte sie ihn um und legte ihn in eine Art Kammer in der Wand. Sie tippte einen Sicherheitscode in ein Tastenfeld und die Tür der Kammer schloss sich. Schließlich stand sie auf und betrachtete Boba und dessen wütendes Gesicht.

„Keine Sorge", sagte sie. Sie ging bis zum Rand der Gerüstplattform, schwang sich herunter und ging zu Boba. „Da ist er in Sicherheit", fügte sie leise hinzu. „Vertrau mir."

„Dir vertrauen?" Boba wollte schon schreien. „Du ..."

Ygabba bedeutete ihm mit einem Zeichen, still zu sein. Er warf einen Blick auf das Auge in ihrer Hand. Die Pupille war so schwarz wie Tinte. Sie hob die Augenbrauen und zeigte ihm so schweigend den großen Raum, in dem sie sich befanden.

Boba kniff die Lippen zusammen. Er wandte sich ab und sah sich um.

Es war kein kompletter Kreuzer, wie ihm jetzt klar wurde. Es war nur die Kabine. An großen Löchern konnte man sehen, wo die Tragflächen und der Energiegenerator entfernt worden waren. Übrig geblieben war eine lange, hohe Kammer. Von der Decke hingen nackte Kabel und Metallspulen herab. Der Boden war voller Löcher. Das organgefarbene Licht kam von Leuchtkugeln, die wie gigantische Insekteneier an der Decke hingen. Überall lagen Teile von Schaltkreisen und Verkleidungsplatten umher – und Trümmer, die von Waffen hätten stammen können: elektromagnetische Impulskanonen, Gehäuse von Protonen-Torpedos und Phasern.

Und überall waren Kinder. Dutzende. Sie saßen auf Metallplatten, die rundum an den Wänden angebracht waren, und sahen ihn mit hungrigen, wilden Augen an. Er hatte noch nie solch dünne Wesen gesehen, nicht einmal die Kaminoaner waren so dürr. Hier waren so viele verschiedene Rassen vertreten, wie es sie in der Galaxis nur geben konnte: Kinder von Alderaan, Kalarba und Tatooine; grünäugige Kuats, junge Dathomir-Hexen, otterartige Selonianer.

Das Einzige, was sie gemeinsamen hatten – soweit Boba es beurteilen konnte – war, dass sie vollkommen ausgehungert aussahen. Und sie sahen alle ängstlich aus. Und alle hatte ein zusätzliches Auge in der Handfläche.

Kapitel 7

„Wer ... wer seid ihr?“ Boba wandte sich an die kleine Diebin. „Was ist das für ein Ort?“

„Ich bin Ygabba.“ Das Mädchen strich seine schmutzigen Tunika glatt. Es schien sich unbehaglich zu fühlen. „Und das ist die Festung der Armee des Meisters.“

„Armee?“ Boba warf einen Blick auf die mageren Gestalten, die ihn ansahen. „Mein Vater sagte immer, eine Armee würde mit dem Magen marschieren. Sieht mir nicht so aus, als würde diese Armee irgendwohin marschieren.“

Die Gruppe gab ein schockiertes Gemurmel von sich. Ygabba schüttelte den Kopf. „Ich würde an deiner Stelle nicht so reden“, sagte sie leise. „Der Meister wäre darüber nicht sonderlich glücklich.“

„Meister? Welcher Meister?“ Boba starrte sie an. „Ich sehe hier niemanden, der etwas zu sagen hätte.“

Die Kinder flüsterten miteinander. Ygabba warf einen verängstigten Blick über ihre Schulter. „Ich meine es ernst“, sagte sie. „Du solltest lieber nicht ...“

Da weiteten sich plötzlich ihre Augen.

„Meister!“, keuchte sie. Sie hob die Hände vor das Gesicht und ließ sich auf den Boden fallen. „Meister Libkath ...“

Boba wirbelte herum, um zu sehen, was sie anstarrte. Die Luft flimmerte und es wurde heller, so als würde jemand leuchtenden Sand in eine unsichtbare Flasche füllen. Langsam, ganz langsam bildete sich eine fremdartige Gestalt in der Mitte des Raumes. Es war ein großer, dünner Mann in einer tiefblauen, schimmernder Robe. Er trug einen Hut, was ihn noch größer erscheinen ließ, einen tiefschwarzen, hohen Hut, der wie eine Krone anmutete. Seine Hände waren knochig und hatten eine ungesunde weiße Farbe, so wie sein Gesicht auch. Er hatte riesige, runde Augen. Sie funkelten in demselben matten Orange wie die Leuchtkugeln der Kammer. Er hob Furcht erregend langsam den Kopf und sah sich in dem Raum um.

„Wer bin ich?“, fragte er. Seiner Stimme war eine beklemmende Ruhe zu Eigen – und sie schien leicht zu zischen, wie ein flötender Wasserkessel.

Alle Kinder schienen gleichzeitig Luft zu holen. Dann hoben sie die Hände. Und in jeder Hand glänzte ein kaltes Auge.

„Ihr seid unser Meister, Libkath“, sagten die Kinder wie aus einem Mund.

Die große Gestalt nickte. „So ist es. Wer sorgt für euch, Kinder?“

„Ihr, Meister.“

„Wer gewährt euch Zuflucht?“, fragte er.

„Ihr, Meister“, wiederholten die Kinder.

Die Augen starrten die Gestalt an. Die Gestalt starrte zurück. Und einen Moment später nickte der Mann wieder.

„So ist es." Ein angedeutetes Lächeln war auf seinem reptilienhaften Gesicht zu erkennen. „Und was erwarte ich als Gegenleistung?"

„Gehorsam, Meister."

„Sehr gut." Die Gestalt hob die Hand und drehte sich um. Bobas Magen verkrampfte sich, als ihn die runden, leuchtenden Augen ansahen.

„Heute Abend werden viele Leute bei den Podrennen sein", sagte die Gestalt. „Das bedeutet, dass viele Fahrzeuge vor der Arena-Zitadelle stehen werden. Viele Wachen, aber auch viele unachtsame Soldaten, die zu viel getrunken haben. Vor dem Nordwesttor wird eine Ladung geschmuggelter Waffen stehen. Die bringt ihr hierher."

„Ja, Meister", flüsterten die Kinder.

Die Gestalt starrte die ganze Zeit Boba an. „Was hat ein Versagen zur Folge?", zischte der Mann.

Boba öffnete den Mund, sagte aber nichts.

„Versagen bedeutet Vernichtung", sagte Meister Libkath. „Versagt nicht."

Und dann verschwand die Gestalt in einem blendend hellen Blitz.

Kapitel 8

Boba blinzelte. Es dauerte eine Minute, bis ihm vollständig klar geworden war, was er da eben gesehen hatte.

Es war keine Person gewesen, sondern ein Hologramm. Eine virtuelle Bildübertragung.

Er hatte nie in Gefahr geschwebt. Meister Libkath, wer auch immer das war, war überhaupt nicht hier gewesen. Er hatte Boba gar nicht gesehen. Boba hatte in ihm einen Neimoidianer erkannt. Er hatte schon einmal welche gesehen, und zwar auf Geonosis.

Und doch war Libkath eine Furcht einflößende Gestalt gewesen, zumindest für die anderen. Auch Boba hatte nicht in diese schrecklichen Augen sehen können, ohne ein Gefühl der Beklemmung zu bekommen. Es verschlug ihm die Sprache. Und auch in der Kammer war es immer noch vollkommen still. Doch dann begannen die Kinder auf einmal durcheinander zu reden.

„Keine Zeit!“, rief Ygabba. Sie drehte sich auf dem Absatz um und lief zu einer gezackten Öffnung, in der sich früher einmal ein Energiegenerator befunden hatte. „Ihr habt den Meister gehört – wir müssen etwas erledigen!"

„Aber ich habe Hunger!", jammerte jemand.

„Ich auch", schrie jemand anderes.

„Und ich auch!", kam aus einer anderen Ecke.

Ygabba blieb stehen. Sie sah auf einmal müde, erschöpft und viel älter aus. „Ich weiß", sagte sie. „Ich habe auch Hunger. Vor der Arena wird es Imbissstände geben."

„Aber wir haben nichts zum Tauschen", sagte ein kleiner Junge.

Auf Ygabbas Gesicht machte sich ein Grinsen breit. „Das hat uns doch noch nie gehindert!", sagte sie. Die anderen lachten.

Boba stellte sich neben Ygabba.

„Also seid ihr alle Diebe", sagte er anklagend. Er nahm sie beim Arm. „Ich nicht. Ich will meine Sachen zurück. Gib sie mir und ich gehe."

Ygabba betrachtete ihn von oben bis unten.

„Was weißt du schon über uns?", sagte sie schließlich. „Du würdest auch stehlen, wenn du Hunger hättest. Viele von uns wurden von ihren Familien getrennt. Andere mussten zusehen, wie ihre Eltern von Gangstern umgebracht wurden."

Sie sah ihn mit ihren hellblauen Augen an. Doch er wich ihrem Blick nicht aus.

„Ich habe ebenfalls gesehen, wie mein Vater getötet wurde", sagte er ruhig. „Ich weiß, wie es ist, allein zu sein. Ich weiß, was es heißt, niemandem vertrauen zu können." Er schüttelte den Kopf. „Aber ich habe noch niemals in meinem Leben etwas gestohlen. Und ich werde jetzt sicher nicht damit anfangen."

Ygabba sah ihn noch immer an. Ihr Gesichtsausdruck wurde weicher.

„Dein Vater", sagte sie. „Dieser Helm – er hat ihm gehört."

Boba nickte.

„Und das Buch?"

„Auch", sagte Boba.

Ygabba stand da und dachte nach. Endlich griff sie in ihre Tasche.

„Hier", sagte sie. „Entschuldigung, dass wir es genommen haben."

Boba steckte das Buch in seine Tasche. „Und was ist mit meinem Helm?"

„Nein." Sie warf einen Blick über ihre Schulter, wo die anderen Kinder herumstanden. Sie warteten darauf, dass Ygabba sie nach draußen führte. „Ich habe dir die Wahrheit gesagt. Hier ist er sicherer. In Mos Espa gibt es viele, viele Diebe. Größere als wir. Furcht erregender. Ich gebe dir deinen Helm später zurück. Das verspreche ich dir."

„Das reicht nicht", sagte Boba. „Ich brauche ihn. Jetzt." Es war keine Bitte, sondern ein Befehl.

Ygabba starrte ihn lange an. Dann nickte sie.

„In Ordnung", sagte sie. Sie drehte sich um, kletterte auf das Gerüst und öffnete die Lagerkammer. Eine Minute später kam sie mit dem Helm wieder zurück.

„Hier", sagte sie.

Sie hielt Boba den Helm hin. Er griff danach, doch sie ließ ihn nicht los.

„Dafür schuldest du mir was", sagte sie und zog ihre Hände zurück.

„Ich schulde dir was?", fragte Boba hitzig. Er drückte den Helm an seine Brust. „Dafür dass du meinen Helm gestohlen hast?"

„Nein. Dafür dass ich dir beigebracht habe, besser darauf aufzupassen."

Ygabba ging weg und gab den anderen ein Zeichen, dass sie sich mit ihr auf die Suche nach etwas Essbaren machen sollten. Boba beobachtete sie und folgte ihnen schließlich, den Helm noch immer in den Händen.

„Vielleicht hast du Recht", sagte er missmutig. „Aber deshalb werde ich noch lange kein Dieb."

Ygabba zuckte mit den Schultern. „Mach, was du für richtig hältst."

Sie drückte ein Stück Schrottmetall auf, das als Tür diente, und ging in eine Gasse voller Müll hinaus. „Kinder wie wir kommen früher oder später zu Libkath. Wo sollten wir auch sonst hingehen?"

Boba folgte ihr nach draußen. „Wer ist Libkath?", fragte er.

„Ein Neimoidianer im Exil", erklärte das Mädchen. „Zumindest glaube ich, dass er im Exil ist. Ich bin mir nicht sicher. Die anderen Kinder fragen sich nicht einmal, wer er wirklich ist. Ich schon. Die ganze Zeit. Er gibt uns Unterkunft und etwas zu essen. Nicht viel, aber besser als nichts. Er beschützt uns vor den Hutt-Gangstern. Und als Gegenleistung tun wir, was er von uns verlangt."

„*Seht* ihr ihn eigentlich jemals?", fragte Boba. „Ich meine, wirklich ihn und nicht nur das Hologramm."

„Ja", sagte Ygabba schaudernd. „Glaub mir, das Hologramm ist besser."

Boba dachte an die leuchtenden Augen, die ihn durchbohrt zu haben schienen. „Das glaube ich dir sofort", sagte er. „Und was ist damit?"

Er deutete auf ihre Hand. Ygabba streckte ihm die Handfläche entgegen und zeigte ihm das lidlose Auge in der Mitte. „Es ist eine Peilungskugel", erklärte sie. „Fortschrittliche Nanotechnologie und organische Materie. Wenn uns der Meister aufnimmt, lässt er diese Kugeln von einem Med-Droiden in unsere Hände implantieren."

„Beobachtet er alles, war ihr tut, durch diese Augen?"

„Nein. Es sind nur Peilsender. Sie sind darauf programmiert, Gift in unsere Blutbahn zu injizieren, wenn wir den Planeten verlassen."

„Das ist ja furchtbar!"

„Ich weiß. Deshalb hören wir auch auf ihn. Deshalb tun wir, was er von uns verlangt. Wir haben keine andere Wahl."

Boba hörte ihr nachdenklich zu. „Habt ihr ihn jemals richtig gesehen?", fragte er. „Oder kommuniziert ihr nur auf diese Weise?"

„Ja, wir sehen ihn schon manchmal", sagte Ygabba grimmig. „Ihn und seine Kampf-Droiden. Immer wenn wir auf einer Mission sind. Er lässt uns die Drecksarbeit machen – Waffen stehlen, Kristalltreibstoff oder Wasser. Manchmal müssen wir Dinge für ihn verstecken. Dann kommt er hierher, holt alles ab und verkauft es."

Boba nickte. „Verstehe. Aber das ist ja Waffenschmuggel!"

Ygabba hob die Schultern. „Vielleicht. Ich weiß nur, dass er alles an sich nimmt, was wir für ihn stehlen. Er verdient ein Vermögen und wir bekommen Krümel – wenn wir Glück haben."

„Arbeitet er allein?"

„Nein", sagte Ygabba. „Er hat Soldaten. Söldner. Und Droiden."

Sie ging die Gasse entlang, wobei sie sorgsam Haufen von verwelkten Gräsern und ausgebrannten Schaltkreisen auswich. Boba blieb an ihrer Seite. Den Helm zog er noch nicht auf. Er hatte das Gefühl, dass er damit nur unnötige Aufmerksamkeit erregen würde.

Ein mandalorianischer Krieger gefolgt von einem Haufen verwahrloster Kinder?

Der Gedanke brachte ihn sogar ein wenig zum Lächeln. Und er machte ihn traurig.

Wenn ich ein richtiger Krieger wäre, würde ich sie befreien, dachte er. *Ich würde sie zu ihren Familien zurückbringen und dafür sorgen, dass der Meister für seine Taten bezahlt!*

Die Kinder liefen hinter ihm und Ygabba her, stießen sich lachend gegenseitig an und redeten leise miteinander.

Hin und wieder blieb eines der Kinder stehen und durchsuchte einen Müllhaufen. Einmal wandte Boba seinen Blick zurück und er sah, wie ein Junge etwas Langes aus einem Haufen zog, das sich hin und her wand, und es in seinen Mund stopfte.

Danach schaute Boba nur noch nach vorn.

„Darf ich dich fragen, was du hier auf Tatooine machst?", wollte Ygabba wissen, nachdem sie eine Zeit lang unterwegs gewesen waren.

Boba zögerte erst. „Ich bin hier, weil ich Jabba the Hutt suche", sagte er dann.

„Jabba?" Ygabbas blaue Augen weiteten sich. „Dann hast

du aber noch einen langen Weg vor dir. Sein Palast liegt am Rand des westlichen Dünenmeers. Das ist hunderte von Klics entfernt von hier."

Boba erschrak. „Dann muss ich eben einen Weg finden, um das westliche Dünenmeer zu durchqueren", sagte er.

„Augenblick mal." Ygabba blieb stehen. Sie legte eine Hand auf seinen Arm. „Lass mich mal nachdenken."

Sie hob eine Augenbraue. Einen Augenblick später nickte sie aufgeregt. „Ja! Ich wette, das stimmt!"

„Was?", fragte Boba. „Sag es mir!"

Sie ging jetzt etwas schneller. „Heute Abend finden Nacht-Podrennen statt, die von Jabba ausgerichtet werden", sagte sie. „Und diese Waffenlieferung, die wir holen sollen – sie ist wahrscheinlich auch für Jabba. Ich wette mit dir um ein Abendessen in KiLargo's Cantina, dass Jabba in der Arena ist."

Sie schnippte mit den Fingern und lachte.

Boba sah sie voller Zweifel an. „Bist du sicher? Woher weißt du all diese Dinge?"

„Es ist meine Aufgabe, das zu wissen. Du würdest dich wundern, was die Leute alles vor jemandem in meinem Alter ausplappern."

Boba nickte. Er musste daran denken, wie dumm Erwachsene doch sein konnten und wie wenig sie sich darüber im Klaren waren, was Kinder wirklich wussten.

Die Gasse vor ihnen mündete in eine breite Straße. Auf der gegenüberliegenden Seite ragte ein gewaltiges Gebäude auf.

Die Arena-Zitadelle. Sie war so groß wie ein Berg, obwohl Boba noch nie einen echten Berg gesehen hatte. Überall standen Massen von Wesen, Karren, Gleiter und Swoops, brüllende Banthas und bewaffnete Wachen, die die Leute schreiend anwiesen weiterzugehen.

„Dort ist das Haupttor", sagte Ygabba. „Und das Nordwesttor ist da drüben."

Sie zeigte auf die andere Seite der Arena. „Doch wenn du Jabba the Hutt finden willst, müsstest du am besten auf die andere Seite zum südlichsten Tor gehen. Da gehen auch die Aristos hin."

Boba sah sie fragend an. „Aristos?"

„Du weißt schon – reiche Leute. Die Hutts haben ihre eigenen Eingänge. Ihre eigenen Logen. Ich habe natürlich nicht die geringste Ahnung, wie du da hineinkommen könntest", fügte sie vornehm hinzu.

Boba verzog das Gesicht. Dann lachte er unerwartet. „Ich auch nicht."

Ygabba lächelte. Die anderen Kinder drängten sich hinter ihnen zusammen. Sie lachten miteinander oder ermahnten sich gegenseitig mit „Psst!"

„Jetzt muss ich dich allein lassen", sagte Ygabba.

Sie gab den Kindern ein Zeichen. Sie nickten, teilten sich in Zweier- und Dreiergruppen und überquerten die dicht bevölkerte Straße. Nur ein paar Sekunden später waren sie alle verschwunden, wie Ameisen in ihrem Bau.

Nur Ygabba und Boba blieben zurück.

„Also", sagte Ygabba. Sie streckte Boba eine schmutzige Hand hin.

Boba zögerte. Er warf einen Blick nach unten, um zu sehen, ob ein Auge in der Handfläche war. Doch da war keines, und so nahm er grinsend ihre Hand.

„Viel Glück“, sagte Ygabba.

„Danke“, gab Boba zurück. „Ich kann es brauchen.“

Ygabba drehte sich mit einem Lächeln um und lief ebenfalls über die Straße. Auf halbem Weg blieb sie stehen.

„Heh!“, rief sie über die Straße. „Ich habe dich gar nicht gefragt, wie du heißt.“

„Boba“, sagte er. „Boba Fett.“

„Boba Fett“, wiederholte Ygabba. Ein breites Lächeln erschien in ihrem Gesicht. „Diesen Namen werde ich mir merken!“

„Das hoffe ich“, sagte Boba. Er stülpte den Helm über und sah, wie Ygabba von der Menge verschluckt wurde.

Kapitel 9

Es war schon fast dunkel, als Boba den Weg zum südöstlichen Tor gefunden hatte. Die Arena war riesengroß, beinahe eine kleine Stadt für sich. Es schien so, als wäre Boba jetzt wieder allein.

Er kam an Bettlerlagern vorbei; an bunten Zelten, vor denen Spieler saßen und ihn hineinlocken wollten. Er sah eine Gruppe von Feuerspuckern und ein Trio von Gamorreanern, die abwechselnd mit einem Schlagstock aufeinander einschlugen. Vom Wetter gegerbte Wasserprospektoren hatten sich bis zur Arena durchgeschlagen, begierig, das Wenige, was sie besaßen, zu verspielen. Überall boten Händler Wasser in kleinen Behältern feil.

„Nur zehn Dataries!", rief einer davon Boba zu. „Der niedrigste Preis in der gesamten Arena!"

„Nein danke", murmelte Boba. Dabei fühlte sich seine Zunge wie ein Stein an, so trocken und geschwollen war sie.

Es war dringend an der Zeit, dass er ein paar Credits verdiente. *Dringend.*

Über seinem Kopf schwebten gelbe Ballonkameras. Diese Kameras würden das Rennen heute Abend für all die übertragen, die es sich nicht leisten konnten, in der Arena-Zitadelle dabei zu sein.

So wie ich, dachte Boba.

Doch er hielt sich nicht lange mit diesem Gedanken auf. Er hatte eine wichtigere Mission.

Er musste Jabba finden.

Boba ging weiter. Unter dem Nordwesttor stand eine Gruppe schwer bewaffneter Droiden. Sie bewachten eine riesige mobile Lagerhalle. Boba fragte sich, ob das wohl die Waffenlieferung sein konnte, von der Libkath gesprochen hatte. Wie konnten diese verhungerten Kinder überhaupt davon träumen, jemals die Ladung stehlen zu können?

Na ja, dachte er. *Hunger ist eine gute Triebfeder. So wie Durst.*

Sein Magen knurrte. Boba versuchte, nicht an Essen zu denken und ging schnell an den Droiden vorbei.

Der Himmel wurde schnell dunkler; er war von lilafarbenen und blauen Streifen durchzogen. Die Zwillingssonnen von Tatooine hingen tief über dem Horizont und strahlten ein bösartiges Rot ab. Sie erinnerten Boba an Meister Libkaths Augen.

Aber er wurde auch von anderen Augen beobachtet. Bettler und allerlei Wesen, die die verschiedensten Waren schmuggelten – Kristalle von k'Farri, magravianisches Katzen-Gewürz oder billige Generatoren. Boba ignorierte ihre rauen Stimmen und ließ sich von niemandem in die Glücksspielzelte locken.

„Offizieller Hutt-Buchmacher! Nur hohe Einsätze!"

Boba blieb stehen. Er drehte sich um und sah ein sehr großes kuppelförmiges Zelt, in das die *Slave I* und noch ein anderes Schiff leicht hineingepasst hätten. Gerade ging die Tür auf und jemand kam heraus. Eine kalte, weiße Nebelwolke wehte hinter dem Mann her. Boba ging etwas näher heran und genoss das Gefühl der kalten Luft auf seiner Haut.

„Du da!"

Ein großer, dünner Etti baute sich vor ihm auf. Er trug sehr teure Kleidung und hatte eine Hand voller glitzernder Spieljetons.

„Kein Eintritt für Bettler!", sagte er und schlug wütend nach Boba.

„Ich bin kein Bettler!", sagte Boba ebenso wütend und drehte sich um.

„Nein?" Der Etti-Spielmeister schaute zu ihm hinab und bemerkte den mandalorianischen Helm. „Nein, wohl kaum."

Er grinste Boba hämisch an. Aus dem Kuppelzelt hinter ihm drang ein tiefes, beunruhigendes Lachen. „Du bist hier trotzdem nicht willkommen", zischte der Etti. „Kurjj, sieh zu, dass du diese Kreatur los wirst! Ist mir gleich, wer er ist. Bib Fortuna hat mich informiert, dass sich der Boss die Rennen heute Abend von hier ansehen möchte. Er wünscht Privatsphäre." Der Etti sah Boba böse an.

Ein riesiger drovianischer Wachmann kam aus dem Kuppelzelt.

Boba schluckte, blieb aber tapfer stehen. „Ich suche jemanden", sagte er.

Der Drovianer streckte seine riesige Hand nach ihm aus.

Doch Boba regte sich noch immer nicht. Der Etti starrte ihn nur an, wobei das kalte Grinsen noch breiter wurde. Er sah zu, als der Drovianer nach Bobas Schulter griff.

„Warte." Der Etti hob seinen langen, dünnen Arm und der drovianische Wachmann hielt inne. Der Spielmeister schaute Boba tief in die Augen.

„Hat dich jemand geschickt?", fragte er hinterlistig, schob die Spieljetons in eine Tasche seiner Robe und rieb sich die zweigartigen Hände. „Vielleicht hat dein Auftraggeber etwas Geschäftliches mit mir zu regeln?"

Boba schüttelte den Kopf. „Nein", sagte er. Sein Herz klopfte wie wild, doch er hatte keine Angst. „Ich bin in eigener Sache unterwegs."

„Natürlich. Und du suchst ...?"

Boba holte tief Luft. „Ich habe etwas Geschäftliches mit Jabba the Hutt zu regeln."

„Wirklich?" Die schmalen Augen des Etti funkelten vor Vergnügen. Er erhob die Stimme und hob das Eingangstuch des Zeltes hinter ihm. „Und was könnte ein Mandalorianer wohl von Jabba the Hutt wollen?"

„Das ist meine Sache", sagte Boba bockig. Er drehte sich um und wollte gerade schon davongehen.

„HO, HO, HO!"

Aus dem Zelt drang ein donnerndes Lachen. Es war so tief, dass sich der Boden unter Bobas Füßen zu bewegen schien. „Geschäft! Für ein Geschäft bin ich immer zu haben – wenn der Preis stimmt! Bring ihn herein, Kurjj!" Die Stimme sprach Huttisch, was Boba verstehen konnte.

Boba erstarrte.

Diese Stimme konnte nur einem Wesen auf Tatooine gehören. Nur einem Wesen in der Galaxis.

„Er sagt, dass er etwas Geschäftliches mit Jabba the Hutt zu regeln hat?“, donnerte die Stimme. „Dann wird es Zeit, dass wir uns kennen lernen.“

Kapitel 10

Der Etti hielt noch immer mit einem gehässigen Grinsen den Zelteingang auf. Der Drovianer stieß Boba unsanft hinein.

Boba sah auf.

Urks, dachte er. *Das sieht nicht gut aus.*

Noch nie war er dankbarer für den Kampfhelm seines Vaters gewesen. Er konnte nur beten, dass das Ding vor ihm nicht unter diesen Helm sehen konnte.

Als er Count Dooku zum ersten Mal begegnet war, hatte er diesen Mann finster, aber nicht wirklich Angst einflößend gefunden. Dasselbe galt für Aurra Sing, egal wie mächtig, verwegen und vollkommen skrupellos sie auch war.

Aber sie war ein Kopfgeldjäger wie Boba. Er verstand, wie sie dachte. Er konnte ihre Reaktionen einschätzen und manchmal sogar voraussehen.

Doch dieses ... *Ding* vor seinen Augen widersetzte sich geradezu jeder Vorstellung.

Das lag zum einen daran, wie groß es war. Auf Aargau war

Boba Jabbas Neffen Gorga the Hutt begegnet. Gorga war groß und abstoßend gewesen.

Aber das war gar nichts im Vergleich zu seinem Onkel Jabba.

Jabba war nicht nur groß. Er war einfach riesig.

Und er war abstoßend.

Seine faltige, echsenhafte Gestalt füllte beinahe die gesamte Kuppel des riesigen Zeltes aus. Er lag auf einer breiten Empore, die mit wunderschönen, von Hand gewebten Teppichen und Decken belegt war. Und all diese Teppiche waren mit dickem Schleim gedeckt.

Jabbas Begleiter nahmen den restlichen Platz im Zelt ein. Ein paar von ihnen sahen sich auf einem großen Bildschirm ein Podrennen an. Andere beugten sich über Spieltische. Wieder andere saßen schweigend da, schoben Jetons und Edelsteine in komplizierten Glücksspielen hin und her. Boba zählte zahlreiche Wachen: Drovianer und die bulligen Gamorreaner, die von den Hutt-Clans bevorzugt wurden.

Neben den Sicherheitskräften waren auch noch jede Menge Unterhaltungskünstler und Athleten da: Jongleure, Tänzer, Podrennfahrer, Akrobaten. Und dann waren da noch Jabbas „Haustiere“. Diese Kreaturen waren beinahe so hässlich und bedrohlich wie der große Hutt selbst. Die meisten saßen in Käfigen, die von der Kuppel des Zeltes herabhingen. Boba warf einen nervösen Blick auf einen winzigen Vornskr, der neben dem Eingang saß, mit seinem Peitschenschwanz um sich schlug und seine rasiermesserscharfen Zähne mit einem bösen Grinsen zur Schau stellte.

Der Mini-Vornskr knurrte bedrohlich. Boba nahm das als Aufforderung, sich vorzustellen.

„Jabba … äh, Sir“, sagte er auf Huttisch. „Ich bin ein Abgesandter von Jango Fett.“

Jabbas riesiger Kopf drehte sich langsam über dem Körper aus Fettpolstern. Er sah Boba mit seinen mandelförmigen, dunkelbraunen Augen kühl an. Seine Froschzunge rollte aus dem lippenlosen Maul heraus und wieder hinein.

Ich wette, es gibt sogar Planeten, die kleiner sind als er, dachte Boba. Er zwang sich, den Blick nicht von dem über ihm aufragenden Verbrecherlord abzuwenden.

„So, so“, polterte Jabba. Er sah mit vergnüglicher Geringschätzung auf Boba herunter. „Wen haben wir denn hier? Noch einen Freiwilligen für die Podrennen heute Nacht? Ich brauche aber nicht noch einen Piloten. Es sei denn, einer von den anderen stirbt auf der Ziellinie. Ho! Ho! Ho!“

Sein Körper schüttelte sich vor Lachen. Jabbas Höflinge lachten ebenfalls. Boba fand, dass ihr Vergnügen sich um einiges gezwungener anhörte als das des Hutts.

„Ich bin nicht wegen des Rennens hier“, sagte Boba. Durch das Visier seines Helmes sah er, wie ein paar der Gücksspieler von ihren Tischen aufschauten. „Ich bin gekommen …“

Er zögerte.

Weshalb war er eigentlich gekommen?

Um Wissen zu erlangen, musst du Jabba finden.

Na ja, er hatte ihn auf jeden Fall gefunden! Boba schaute auf und begegnete all den bösen Blicken, die ihn anstarrten.

„Ich … ich bin gekommen, um Euch meine Dienste anzubieten, oh Großartiger“, sagte Boba.

Die Kuppel bebte vor Lachen. Sogar der Vornskr heulte vergnügt auf. Nur Jabba sah Boba schweigend an.

„Seine Dienste!“, brüllte ein Noghri-Pilot.

Eine schlanke carratosianische Piratin betrachtete Boba und kicherte.

„Vielleicht kann er hinter dem Vornskr aufwischen!“, schlug sie vor.

Boba ballte die Fäuste, als die gamorreanischen Wachen sich gegenseitig anstießen und schallend lachten.

„RUHE!“, donnerte Jabba.

Schlagartig wurde es still im Zelt. Boba hörte nicht einmal das Klacken der Spieljetons mehr; er hörte nichts als seinen eigenen Atem, der unter dem Visier des Helmes leise zischte.

Jabba warf einen seiner viel zu kurzen Arme in die Luft. „Was ist daran so lustig?“, donnerte er auf Huttisch. „Wer hält denn seine eigenen Dienste für so wichtig? DU?“

Er drehte den Kopf und starrte die Carratosianerin an. Seine lange, bleiche Zunge rollte wieder aus dem Maul heraus. „Vielleicht bis DU ja ersetzbar?“

„N... nein, Sir“, stammelte sie. „Ich wollte nur ...“

Da schlug Jabba ohne Vorwarnung mit seinem langen Schwanz quer über den Boden und fegte sie von den Beinen.

„Anmaßend!“, brüllte er. Er drehte sich um und schaute wieder Boba an. „Und du bist genauso anmaßend! Niemand spricht mich an, ohne vorgestellt worden zu sein!“

„Das wusste ich nicht!“, sagte Boba. „Ich ...“

„Ignoranz ist keine Entschuldigung!“, röhrte Jabba. „Und die Strafe für Ignoranz ist der Tod!“

Kapitel 11

Der Tod.

Bobas Gedanken rasten. Dann sprach er schnell.

„Jabba, mächtigster aller Hutts!", rief er. Er achtete genau darauf, dass er Jabba direkt ansah und keine Angst zeigte.

„Es ist genau meine Ignoranz, die mich hierher geführt hat!", fuhr Boba fort. „‚Um Wissen zu erlangen, musst du Jabba the Hutt aufsuchen' – das hat mir Jango Fett beigebracht. Und deshalb kam ich zu Euch."

Jabba starrte ihn an. „Um Wissen zu erlangen?"

Er klang zufrieden. Boba atmete erleichtert auf.

„Habt ihr das gehört?", polterte Jabba und wandte sich seinen Höflingen zu. „Dieser Fremde kam zu mir, weil er auf der Suche nach Wissen ist! Dafür hat er Tod, Folter und Versklavung riskiert!"

Oh-oh, dachte Boba.

Jabba wandte sich wieder Boba zu. „Also gut, Eindringling! Du bist aus gutem Grund gekommen. Ich weiß eine Menge!"

Der echsenhafte Hutt warf einen Blick auf den Bildschirm,

auf dem ein Podrennen übertragen wurde. Er gab ein lang gezogenes, tiefes Grollen von sich. „Manche sagen, ich könnte Dinge sehen, bevor sie geschehen."

Die anderen im Zelt lachten unbehaglich. Jabba beugte sich nach vorn und sah Boba herausfordernd an.

„Du sagst, Jango Fett hätte dich geschickt? Ich habe gehört, dass er tot ist. Auf Geonosis von den Jedi getötet. Stimmt das?"

Boba war einmal mehr froh darüber, dass der Helm sein Gesicht verdeckte.

„Ja", sagte er. Er hatte Mühe, das Wort hervorzubringen. „Ja, es stimmt."

„Ich kenne Jangos Fähigkeiten. Er war mutig und ein Mann, der sein Wort hielt. Er war einer der besten Kopfgeldjäger der Galaxis."

„Manche meinen sogar, der allerbeste", sagte Boba ohne nachzudenken.

„Hmmmm." Jabbas Augen verengten sich zu Schlitzen. „Du scheinst auch Mut zu haben, mandalorianischer Eindringling. Aber du hast eine Regel übertreten, indem du hierher gekommen bist. Also werde ich dich vor die Wahl stellen."

Jabba deutete mit einem seiner Stummelarme auf den Bildschirm. Fast jeder im riesigen Zelt hatte sich jetzt davor versammelt und beobachtete voller Spannung das Podrennen. „Sag mir, wer deiner Meinung nach dieses Rennen gewinnt. Wenn du Recht hast, werde ich dich zu meinem b'omarrianischen Palast mitnehmen. Dort wirst du mir dann dienen."

Boba nickte. „Danke", begann er, doch Jabba schnitt ihm mit einer erhobenen Hand das Wort ab.

„Wenn du dich irrst, wirst du mich ebenfalls zu meinem Palast begleiten. Aber du wirst mir nicht dienen, sondern jemandem *serviert* werden – einer meiner Grubenbestien!"

Kapitel 12

Boba drehte sich um und warf einen Blick auf den Bildschirm. Unten am Bild liefen Zahlen und Worte entlang. Statistiken, die Namen der Podrennfahrer, ihre Heimatplaneten und die Rennklasse, in der sie fuhren. Dann veränderte sich das Bild. Boba sah das Innere der riesigen Arena, die voller schreiender, jubelnder und winkender Zuschauer war.

Ob vielleicht Ygabba irgendwo dort ist?, dachte Boba. *Ob sie die Waffenlieferung wohl jemals findet?*

Doch er hatte keine Zeit zum Grübeln.

„Noch drei Minuten!", rief Estral, der Spielmeister. „Die Wetten müssen abgeschlossen werden!"

Auf dem Bildschirm erschienen wendige Maschinen – die Podrenner. Boba sah sie aufmerksam an.

Mann, was würde ich gern mal so ein Ding zwischen die Finger bekommen!

Die Podrenner konnten wegen der hoch verdichtenden Antriebe mit bis zu achthundert Kilometern in der Stunde fliegen. Boxen-Droiden umschwärmten die Maschinen. Sie kontrollierten den Treibstoffstand und führten letzte Reparaturen durch. Boba wäre liebend gern einen von diesen Podrennern geflogen – aber welcher würde heute Abend gewinnen?

„Noch zwei Minuten!", rief der Etti.

Boba ging näher an den Bildschirm heran. Jetzt wurden die Daten der verschiedenen Podrennfahrer gezeigt. Ein paar davon kannte Boba sogar – den dinosaurierartigen Chros-filik von Phu; Gasgano; Ody Mandrell; LobwuWa Loba, einen üblen Aqualish, der der lokale Favorit zu sein schien; den ehrgeizigen jungen Aleena, Mab Kador, in seiner umgebauten *White Panther.*

Aber da waren noch mehr, deren Gesichter und Namen Boba noch nie gesehen oder gehört hatte. Wie sollte er sich entscheiden, wer von ihnen die anderen besiegen würde? In der Arena waren alle Arten von Wesen versammelt und schlossen ihre Wetten ab. Viele würden ihr Vermögen verlieren, noch bevor die Nacht vorbei war. Und ein paar würden vielleicht sogar ihr Leben verlieren.

Boba wollte keiner von ihnen sein.

Obwohl die Luft in dem Zelt relativ kühl war, lief Boba ein Schweißtropfen den Hals hinab. An den Stellen, an denen der Helm auf seinen Schultern auflag, tat ihm alles weh. Er rieb sich sanft die Schultern und dachte angestrengt nach. Jabbas Gäste drängten sich um den Etti-Spielmeister und stopften Credits in seine dünnen Hände.

„Noch eine Minute!", rief er.

Boba sah aus dem Augenwinkel, wie Jabba ihn beobachtete. Er wandte den Kopf schnell wieder dem Bildschirm zu.

Die Statistiken zeigten, dass Mab Kador die letzten drei Rennen ungeschlagen an erster Stelle stand. *Er sieht jung und ehrgeizig aus*, dachte Boba. *Und er hat einen guten Podrenner. Auf ihn würde ich setzen. Ihm würde ich den Sieg wünschen.*

Aber auf wen setzte Jabba in dem Rennen? Boba hatte gehört, dass der Verbrecherfürst alles auf Tatooine kontrollierte – vom Schmuggel von Blastern bis zum Import illegaler Gewürze. Jede Spielhölle dieses Planeten stand unter der Kontrolle der Hutts. Jeder kleine Gauner zahlte Tribut an Jabba, ebenso wie jeder aufsteigende Verbrecherfürst. Diejenigen, die zu ambitioniert wurden oder die versuchten, Jabba zu hintergehen, wurden von Kopfgeldjägern gesucht und zu Jabbas Palast gebracht.

Sogar auf dem abgelegenen Kamino hatte Boba furchtbare Geschichten darüber gehört, was in Jabbas Palast vor sich ging. Er hatte nicht damit gerechnet, dass er es einmal selbst erleben würde.

„Zwanzig Sekunden!"

Boba schluckte. Er ließ eine Hand in seine Tasche gleiten und berührte das Buch seines Vaters. Er wagte nicht, es herauszuholen, doch schon das Gefühl beruhigte ihn ein wenig.

Um Wissen zu erlangen, musst du Jabba finden. Er wird es dir aber nicht geben; du musst es dir nehmen.

„Die Zeit ist um!"

Boba atmete aus. Als er den Kopf hob, bemerkte er, wie Jabba ihn mit seinen bösartigen Schlangenaugen ansah.

„Also dann, junger Mandalorianer! Hast du deine Entscheidung getroffen?"

Alle im Zelt versammelten sich vor dem Bildschirm – alle außer Boba und Jabba the Hutt. Die bleiche Zunge des Gangsters zuckte aus seinem Mund. Er griff in eine große Schüssel, die von ylesianischen Würmern überquoll, schnappte eine Hand voll sich windender Würmer und stopfte sie in den Mund. Boba wurde schlecht. Aus den Lautsprechern des Bildschirms drang das Brüllen der Menge, als das Startsignal gegeben wurde.

Das Rennen hatte begonnen.

„Sag's mir!“, brüllte Jabba. „Jetzt! Du hast gesagt, dass du wegen meines Wissens gekommen bist, also musst du auch beweisen, dass du selbst etwas weißt. *Wer wird gewinnen?*“

Boba starrte den Verbrecherfürsten an.

Er wird es dir nicht geben; du musst es dir nehmen.

Und plötzlich wusste er die richtige Antwort.

Kapitel 13

„Und?", fragte Jabba.

Boba sah Jabba furchtlos in die Augen. „Oh weisester aller Hutts. Der Gewinner wird sein, wen auch immer Ihr als Gewinner sehen wollt!"

Plötzlich waren alle in dem Kuppelzelt still. Nur die gedämpften Geräusche vom Bildschirm waren noch zu hören. Von draußen hörte Boba eine Welle von Geräuschen, Rufen und Jubelschreien, die als Echo aus der Arena drangen. Irgendwo ertönte ein gedämpfter Blasterschuss. Jabba sah von seinem Thron auf Boba Fett herab. Sehr langsam hob er seine kleinen Arme. Seine Augen verengten sich zu Schlitzen. Sein riesiger Körper begann zu beben. Sein langer, dicker Schwanz warf Falten und wand sich wie eine sterbende Schnecke.

Jabba the Hutt lachte.

„HO, HO!" Das Kuppelzelt bebte, als er bellte und brüllte. „Gut gesprochen, junger Krieger!" Er nahm noch eine Hand voll Würmer und stopfte sie in den Mund, wobei er einfach weiter sprach. „Eine kluge Antwort! Und eine wahre dazu!"

Boba seufzte hinter seinem Helm erleichtert, was niemand sehen konnte.

„Vielen Dank, oh großer und weiser Hutt", sagte er. Er senkte respektvoll den Kopf. Es war gut, dass Jabba sein Gesicht nicht sehen konnte! „Ich bin überwältigt."

Überwältigt vor Abscheu, dachte Boba.

„Estral!", donnerte Jabba. Er winkte seinen Etti-Spielmeister mit einem seiner kleinen Arme heran. „Sammle ihre Credits ein! Wir gehen!"

Boba sah sich verwirrt um.

„Aber das Rennen ist doch noch nicht vorbei", sagte er.

Jabba begann wieder zu lachen. „Ich weiß, wer gewinnen wird. Ich habe Wichtigeres zu tun."

Er lehnte sich leicht nach vorn und sah Boba eindringlich an. „Junger Mandalorianer! Du sagst, dass Jango Fett dich geschickt hat."

Boba nickte. „Das ist richtig."

„Also bist du auch ein Kopfgeldjäger?"

Boba antwortete laut und deutlich. „Ja, das bin ich."

„Das ist gut. Ich kann Kopfgeldjäger immer brauchen – sogar kleine. Du wirst mit mir zu meinem Palast kommen. Mein Hofmeister Bib Fortuna wird dafür sorgen, dass du mit allem ausgestattet wirst, was nötig ist. Und bis du deine Schuld beglichen hast, wirst du unter meinem Befehl stehen."

„Meine Schuld?", fragte Boba. Es gelang ihm nicht, seine Erregung zu verbergen. „Was schulde ich Euch?"

Im gleichen Augenblick spürte er den heißen Atem des drovianischen Wachmanns in seinem Nacken.

„Dafür wirst du sterben", grunzte der Drovianer.

Er zog ein gebogenes Litch-Messer aus seinem Gürtel und hielt es Boba vor das Gesicht.

„Und", fügte der Drovianer mit einem schrägen Grinsen hinzu, „du wirst langsam sterben."

Kapitel 14

Boba hatte keine Zeit nachzudenken. Er handelte.

Er machte einen geräuschlosen Satz zur Seite. Das Messer des Drovianers zischte harmlos dort durch die Luft, wo eine Nanosekunde zuvor noch Boba gestanden hatte.

„Häh?“, schnaufte das bullige Wesen.

Neben dem Bildschirm stand ein kleiner Tisch. Boba nahm das Möbel und schwenkte es vor sich durch die Luft, um die Klinge des Drovianers abzuwehren. Jabbas Gäste schrien auf und liefen in alle Richtungen davon. Jabba beobachtete die Szenerie laut lachend.

„Dafür wirst du bezahlen!“, krächzte der Drovianer.

Als sich der Wachmann auf ihn warf, drückte Boba den Tisch nach oben. Das Messer fuhr in die hölzerne Oberfläche. Während der Drovianer sich bemühte, seine Waffe herauszuziehen, drückte Boba den Tisch noch höher. Dann lief er zur Seite und trat nach den Knien des Drovianers. Der stolperte und fiel stöhnend zu Boden. Jabbas Gäste lachten, als sich Boba völlig außer Atem Jabba zuwandte.

„Ich bin Sklave oder Diener von niemandem!“, sagte Boba. „Ich werde für Euch arbeiten, wenn der Preis stimmt –, aber ich bestimme den Preis!“

Jabbas Lachen erstarb. Er sah Boba an. Einen Augenblick später nickte er. „Du bist genau mein Fall von Gauner! Du wirst ein guter Jäger werden.“

Unter dem Schutz seines Helmes fühlte Boba sich sicher. „Wer sagt denn, dass ich das nicht schon bin?“

Jabba lächelte hinterhältig. „Du wirst bald die Gelegenheit haben, es zu beweisen. Ich habe einen Auftrag, der erledigt werden muss. Ich habe dafür zwar schon mit einem anderen Kopfgeldjäger Kontakt aufgenommen, aber vielleicht sollte ich dir den Auftrag geben.“

Jabba drehte sich um und warf dem Drovianer einen verächtlichen Blick zu. „Bringt ihn zurück zum Palast“, befahl er seinen Wachen. „Und wenn wir dort angekommen sind, steckt ihn in den Pferch.“

Der Drovianer brüllte und kämpfte wie wild, als die Gamorreaner ihn packten und fortschleppten.

Boba sah ihm hinterher. Er hätte es nie für möglich gehalten, dass er einmal Mitleid mit einem Drovianer empfinden würde. Doch beim Gedanken an Jabbas Grubenbestien hoffte er tatsächlich, dass der große Gangster es sich noch einmal anders überlegte.

„Estral!“, donnerte Jabba. „Ich habe Bib Fortuna angewiesen, die Segelbarke für unseren Aufbruch bereitzumachen. Wir brechen sofort auf. Sorge dafür, dass dieses Zelt abgebaut wird. Und sieh zu, dass unser neuer Rekrut nicht hier zurückbleibt.“

„Ja, Mylord", gab der Etti zurück.

Er drehte sich um und sah Boba an. Er war offensichtlich nicht sonderlich beeindruckt von dem Anblick. „Die Segelbarke wird in ein paar Minuten hier sein. Du kannst deinen Gleiter im Laderaum parken. Nach der Abfahrt wird auf dem Hauptdeck etwas zu essen serviert."

„Ich habe keinen Gleiter", sagte Boba.

„Ein Kopfgeldjäger ohne Gleiter?", fragte Estral verächtlich.

„Mein Schiff wird gerade überholt", erwiderte Boba schnell. „Es steht in der Landebucht von Mentis Qinx."

Estral fixierte ihn mit einem kühlen Lächeln. „Qinx streckt Bedürftigen eine Menge Credits vor. Zum Ausgleich dafür verlangt er hohe Preise. Viele können dann nicht zahlen und er behält die Schiffe. Jabba the Hutt wird dich besitzen, noch bevor du dein Schiff zurückbekommst."

„Das wird sich noch herausstellen", gab Boba schnippisch zurück.

Doch hinter dem Visier des Helmes klappte Boba der Unterkiefer herunter. Ein Kopfgeldjäger zu sein, bedeutet für ihn, dass er die Freiheit besaß, überall hinzugehen, wann auch immer er wollte.

Er hatte keine Lust, für immer auf Jabba the Hutt hören zu müssen.

Er wollte auf niemand anderen hören als auf sich selbst.

Doch Estral hatte Recht. Boba brauchte Credits, um die Reparaturen und das Auftanken der *Slave I* zu bezahlen. Jabba hatte gesagt, dass er Kopfgeldjäger brauchte. Er hatte gesagt, dass er einen Auftrag hätte, der erledigt werden musste. Wenn Boba diesen Job erledigen würde, könnte er genug Credits verlangen – und noch mehr –, um sein Schiff zurückzuholen. Dann könnte er sich wieder allein auf den Weg machen und wohin auch immer in der Galaxis gehen.

Er würde frei sein.

Noch besser.

Er wäre endlich ein Kopfgeldjäger.

Kapitel 15

Vor ein paar Monaten war Boba auf dem republikanischen Truppenschiff *Candasseri* gewesen. Dieses Schiff war so groß, dass es ihn eher an einen kleinen Planeten erinnert hatte.

Die Segelbarke von Jabba the Hutt war nicht so groß, aber doch groß genug. Als Boba die Barke betrachtete, hatte er das Gefühl, als stünde er vor einer kleinen Stadt in der Stadt. Vor einer Welt in der Welt.

Es war jetzt dunkel, doch um die Arena herum gab es viele helle Lichter, die überall hin Schatten warfen. Als Jabba aus dem Kuppelzelt eskortiert worden war, waren Boba und die anderen nach draußen gegangen, wo die Barke knapp über dem Boden schwebte. Bib Fortuna, Jabbas Hofmeister, ließ Gangways und Leitern ausfahren. Sklaven und Diener liefen hin und her und bereiteten die Barke für den Aufbruch vor.

„Beeilung!“, rief Fortuna.

Wenn Jabba erst einmal an Bord wäre, würde er schnell aufbrechen wollen. Es wäre keine gute Idee, ihn warten zu lassen!

Boba schlenderte ein paar Meter von der Barke weg. Er hatte im Kuppelzelt einen Schluck Wasser, ein paar getrocknete Ninchifs und einen fingernagelgroßen Höhlenfisch ergattern können. Er konnte sich nicht daran erinnern, wann er das letzte Mal eine komplette Mahlzeit zu sich genommen hatte.

Er verdrängte den Gedanken daran und setzte sich auf den Boden. Von dort beobachtete er, wie Jabbas Diener das Kuppelzelt wie einen Ballon abbauten.

Es dauerte nur ein paar Minuten. Von der Segelbarke kamen noch mehr Diener herunter und sammelten den Inhalt des Zeltes zusammen; Spieltische und andere Möbel, alles wurde auf Karren geladen und weggebracht. Auf der Reise zu Jabbas Palast würde alles in den Frachträumen der Segelbarke verstaut werden.

Jabbas Palast. Boba hatte Gerüchte über diesen Ort gehört.

Und was er gehört hatte, war nicht gut gewesen. Absolut nicht.

Und jetzt, wo er Jabba in Fleisch und Blut gesehen hatte, war sich Boba sicher, dass der Palast noch um einiges schlimmer als in den Gerüchten beschrieben sein würde. Er würde sich auf alles gefasst machen müssen.

Boba lehnte sich zurück und justierte seinen Helm. Er schaltete die Infrarot-Nachtsichtfunktion ein. Plötzlich erschien alles um ihn herum in Schwarz und Rot.

„Uh!", stieß Boba mit einer Grimasse hervor.

Jetzt konnte er all das Ungeziefer sehen, das auf Tatooine lebte. Überall liefen Sandratten umher, die den Müll der Arenabesucher fraßen. Sandskorpione huschten mit erhobenen Zangen von Stein zu Stein.

Boba sah ein paar kleine Gestalten, die unbemerkt aus

den Schatten erschienen, eine große, metallene Gitterbox schnappten und einen Augenblick später wieder verschwunden waren.

Libkaths Armee bei der Arbeit, dachte er voll missmutigen Respekts.

„Du siehst ziemlich glücklich aus", sagte eine leise Stimme hinter ihm.

Boba wirbelte herum. „Ygabba!"

Hinter ihm stand eine schlanke, in Lumpen gekleidete Gestalt. „Ich hab dich gleich erkannt", sagte sie lächelnd und berührte mit einer schmutzigen Hand den Rand seines Helmes. „Hm. Ich glaube, du hast mir ohne dieses Ding besser gefallen. Ist dir nicht heiß dadrunter?"

„Ja. Und ich habe Durst."

Ygabba setzte sich neben ihn. „Na, wenigstens kann ich da abhelfen. Hier."

Sie hielt ihm einen kleinen Wasserbehälter hin. Boba sah sie an und nahm das Wasser dankbar entgegen. Er schaute sich um, um sicherzugehen, dass ihn niemand beobachtete. Dann hob er seinen Helm und trank das Wasser.

Es schmeckte stark nach Staub und Reinigungschemikalien. Kleine Sandkörner waren darin. Und es war viel zu warm.

Aber es war das beste Wasser, das er jemals getrunken hatte.

„Danke", sagte er, als er den letzten Tropfen getrunken hatte. Er gab Ygabba den Behälter zurück und senkte seinen Helm wieder über das Gesicht. „Habt ihr gefunden, wonach ihr gesucht habt?"

Sie nickte. „Das haben wir. All die Droiden, die den Panzer

dort drüben bewacht haben, waren nur ein Ablenkungsmanöver. Die echte Lieferung war in einer Ladung Wasser von einer Feuchtfarm in der Nähe von Bestine getarnt. Da kam auch das hier her", sagte sie und hob den leeren Behälter hoch. „Um ehrlich zu sein, ich hätte lieber Wasser gestohlen."

„Aber habt ihr die Waffen bekommen?"

Ygabba lächelte. Doch ihr Lächeln erstarb schnell wieder. „Wir haben keine andere Wahl. Wenn wir nicht tun, was Libkath von uns verlangt, passieren üble Dinge."

„Was für üble Dinge?"

„Kinder verschwinden. Wir sehen sie nie wieder. Libkath verkauft sie als Sklaven oder als Vertragsdiener. Oder noch Schlimmeres."

Ihr Gesichtsausdruck wurde düster. Boba dachte daran, wie schlecht es Ygabba und der anderen Kindern jetzt schon ging. Wenn es etwas Schlimmeres als das gab, dann musste es wirklich, *wirklich* schlimm sein.

„Wohin gehen die Waffen?"

Ygabba zuckte mit den Schultern. „Schmuggel ist auf Tatooine ein riesiges Geschäft. Manche sagen sogar, dass es das einzige Geschäft ist. Es gibt eine Menge Leute, die Waffen haben wollen."

Boba grübelte einen Augenblick lang. „Willst du sagen, dass diese Waffen ohnehin schon hierher geschmuggelt wurden und dass Libkath sie jetzt stiehlt und damit den hintergeht, der sie eingeschmuggelt hat?"

„Richtig. Und er kommt nur deshalb ungeschoren davon, weil uns niemand verdächtigt. Wie ich schon sagte – Erwachsene nehmen uns nicht ernst. Bis sie uns fangen."

Sie stand plötzlich auf. „Ich muss los. Ich muss die anderen treffen."

„Ygabba", sagte Boba. „Warte."

Sie blieb stehen. „Was denn?"

„Weshalb verschwindet ihr nicht einfach? Tatooine ist doch ein großer Planet. Libkath könnte euch nicht alle aufspüren, wenn ihr verschwinden würdet. Und du hast gesagt, dass das Gift nur dann freigesetzt wird, wenn ihr den Planeten verlasst."

„Stimmt." Sie schüttelte traurig den Kopf. „Aber die Jüngsten von uns sind einfach zu klein. Sie könnten niemals mit uns anderen mithalten."

„Aber ihr könntet Hilfe holen", sagte Boba. „Irgendjemand muss doch auf euch hören. Irgendjemand würde euch doch helfen."

Ygabba traten Tränen in die Augen. „Wir haben keine Familien und diejenigen von uns, die noch Verwandte haben, werden von Libkath damit bedroht, dass er sie umbringt, wenn sie jemals nach Hause gehen. Das Leben hier auf Tatooine ist hart genug. In Mos Espa können wir überleben. Irgendwann, wenn wir einmal älter sind, finden wir den Weg nach Hause. Ich weiß zwar nicht wie, aber wir werden es schaffen."

Boba sah sie an und nickte. „Ich finde, dass du sehr tapfer bist, Ygabba. Wenn es einen Weg gibt, wie ich dir und den anderen helfen kann, werde ich es tun."

Ygabba erwiderte seinen Blick. Sie lächelte. „Danke, Boba."

Sie warf einen Blick auf die Segelbarke, auf der die Flaggen gehisst wurden. Die Mannschaft zog gerade Segel hoch und machte sich bereit für die Abfahrt.

„Sieht so aus, als hättest du ebenfalls gefunden, wonach du suchst“, sagte sie.

Boba stand auf. „Ja. Jabba hat erklärt, dass er mich mitnimmt – als Kopfgeldjäger!“

Er konnte den Stolz in seiner Stimme nicht verbergen.

Ygabba betrachtete ihn und verzog den Mund langsam zu einem Lächeln. „Boba Fett, Kopfgeldjäger! Das werde ich mit Sicherheit nicht vergessen.“

„Nein. Und ich werde dich auch nicht vergessen.“

Von der Segelbarke schallte der Klang einer Fanfare herüber. Jabba the Hutt war zum Aufbruch bereit.

„Auf Wiedersehen, Ygabba!“, rief Boba, als er zu der Barke rannte. Er schnappte eine Strickleiter, kletterte schnell hoch und hangelte sich über die Reling. Er wurde grob von ein paar Händen gepackt und an Deck gezerrt.

„Geh nach unten!“, schnauzte ein gamorreanischer Wachmann. „Kein Gesindel, wo Jabba es sehen kann!“

„Aber ich wurde von Jabba eingeladen!“, protestierte Boba. „Als Kopfgeldjäger …“

Der Wachmann lachte laut. „Mach, dass du nach unten zu den anderen angeheuerten Pistolenhelden kommst!“, brüllte er und schob Boba zu einer Tür.

„Du …!“, begann Boba. Doch er überlegte es sich schnell anders. Er warf einen letzten Blick auf die Arena. An der Stelle, an der das Kuppelzelt gestanden hatte, stand jetzt eine kleine Gestalt und beobachtete ihn.

„Nun mach schon!“

Eine große knorrige Hand schob Boba durch die Tür in die Dunkelheit von Jabbas Barke.

Kapitel 16

Auf dem Oberdeck aßen und tranken Jabbas geladene Gäste. Musik spielte. Akrobaten tummelten sich und Twi'lek-Tänzerinnen sprangen und turnten umher. Die Segel der Barke blähten sich im Wind, als das große Gefährt abhob und sich majestätisch in Richtung des großen westlichen Dünenmeers drehte. Am pechschwarzen Himmel leuchteten Sterne. Die Luft roch nach gebratenem Fleisch, süßen, kühlen Fruchtlimonaden und nach Blumen, die für ein Vermögen von fernen, grünen Planeten herbeigebracht worden waren. Ein Mrlssi-Harfinist spielte und sang, während Jabba auf seinem Thron saß und sich windende Würmer in sein Maul stopfte. Jabbas Gäste spazierten auf dem Deck hin und her. Sie blickten auf die von Sternen erleuchtete Wüste, lachten, schmiedeten Pläne und tranken Jabbas erlesene chandrilanische Weine.

Unglücklicherweise hatte Boba nur eine leise Ahnung von all dem. Er konnte die Musik und die Unterhaltungen nur hören; der Duft des Fleisches und der erlesenen Früchte ließ ihm das Wasser im Munde zusammenlaufen.

Er befand sich im Frachtraum unter dem Oberdeck. Hier gab es keine Sterne, die in der Dunkelheit strahlten. Der Raum wurde nur matt von Leuchtkugeln erhellt, die an der Decke hin und her schwenkten. Es gab kein Essen und kein Wasser. Die Luft war schwül und drückend und stank nach schmutzigem Stroh und Viehzeug. Hier und da saßen ein paar Crew-Mitglieder, die gerade keinen Dienst hatten und fluchend ihr Geld verspielten. Ein paar schliefen in Hängematten, die an den Wänden hingen. Ein paar vertrieben sich die Zeit damit, dass sie mit Stöcken in Käfigen herumstocherten, in denen neue Bestien gefesselt waren, die in der Grube eingesetzt werden sollten.

Boba machte sich vorsichtig auf den Weg durch den belebten Raum. Er blieb einen Augenblick stehen und betrachtete ein gallionisches Tripion in einem Käfig. Die riesige skorpionartige Kreatur schlug die Klauen zusammen. Der Schwanz mit dem Giftstachel schlug klappernd gegen die Käfigstangen, als ein Wachmann sein Schwert zwischen die Panzerplatten stach.

„Du wirst noch früh genug gefüttert!“, spottete er, während seine Kameraden lachten.

Einer davon sah Boba an. „Noch ein Neuzugang?“ Ein hinterhältiges Grinsen machte sich auf seinem Gesicht breit. „Das wäre dann der dritte Kopfgeldjäger in diesem Monat, den Jabba auf Gilramos ansetzt.“

„Gilramos?“, fragte Boba.

„Genau! Der ist ein spitzer Dorn in Jabbas Schwanz. Und einer, der nur schwer herauszuziehen ist. Er hat die letzten beiden Kopfgeldjäger getötet, die ihn gesucht haben.“

Der Wachmann betrachtete Boba von Kopf bis Fuß und

lachte abfällig. „Sieht so aus, als wärst du der dritte", sagte er und quälte weiter das Tripion.

„Alle guten Dinge sind drei", murmelte Boba. Er ging zur Wand, wobei er Acht geben musste, das Gleichgewicht nicht zu verlieren. Die Windbarke kam schnell voran – sie würden den Palast bei Morgengrauen erreichen, hatte er jemanden sagen hören.

Doch die fliegende Yacht bewegte sich nicht immer ruhig. Manchmal sackte sie so schlagartig ab, dass einem übel wurde. Dann schoss sie wieder hunderte von Metern senkrecht nach oben. Wenn das passierte, war Boba froh, dass er nicht nach draußen sehen konnte. Und er war froh, dass er nicht allzu viel gegessen hatte. Er wollte auf keinen Fall luftkrank werden.

„Du bist also auch ein Kopfgeldjäger", sagte jemand. „Jabba scheint ja am Rande der Verzweiflung zu sein."

Ein verrunzelter alter Mann, der nicht viel größer als er selbst war, kam zu Boba hinüber. Der Alte trug eine wallende grüne Robe und darüber eine lange, schmutzige Schürze. Seine wenigen weißen Haare wurden fast gänzlich von einer weißen Mütze bedeckt. Sein Gesicht war braun und so faltig wie ein getrockneter Gor-Apfel, doch seine blauen Augen strahlten Freundlichkeit aus.

„Ja", sagte Boba. Er sah den Mann misstrauisch an. „Ich wurde von Jango Fett hierher geschickt."

Die Augen des Mannes weiteten sich. „Von Jango Fett? Das würde ich lieber für mich behalten, wenn ich du wäre. Durge wird das nicht gern hören."

Boba sackte beinahe das Herz in die Hose. „Durge?"

Der Mann schüttelte den Kopf. „Kein Geplapper mehr, eines nach dem anderen. Wer bist du?"

Boba richtete sich auf, schwieg aber. Dann streckte der alte Mann eine Hand aus und zeigte auf eine Nische in der Wand, in die eine schmale Koje eingelassen worden war.

„Komm mit", sagte er freundlich. „Es ist noch ein langer Weg bis zu Jabbas Festung. Und nicht alle in Jabbas Gefolge sind so unangenehm wie diese Individuen hier ..."

Er zeigte auf die Gamorreaner, die jetzt ein Spiel mit Messern spielten.

„Na ja, sicher die meisten", fügte der alte Mann hinzu. „Aber nicht alle. Ich zum Beispiel. Ich heiße Gab'borah Hise. Ich bin der Dessert-Koch, der dieser Segelbarke zugeteilt ist."

Boba grinste. „Gibt es noch andere?"

„Oh ja, viele. Sogar Dutzende von Dessert-Köchen! Jabba mag vielleicht diese ekelhaften weißen Würmer zu abend essen, doch seine Gäste und seine Gangsterlegion haben andere Geschmäcker. Allerdings ist deren Geschmack mittlerweile fast ebenso schlecht wie Jabbas. Ich muss mir ständig etwas Neues einfallen lassen, um sie zufrieden zu stellen."

Boba folgte ihm zu der Nische und setzte sich. Gab'borah seufzte und strich sich die Schürze zurecht.

„Ich habe nicht immer für Jabba gearbeitet. Früher war ich der Chefkoch einer Cantina in Mos Eisley. Ich war sehr erfolgreich. *Zu* erfolgreich. Jabba erfuhr, wie gut ich war und hat mir ein Angebot gemacht, das ich nicht ablehnen konnte."

Boba grinste. „Verstehe. Du hattest keine andere Wahl, als hierher zu kommen."

„Ja, ich hatte keine andere Wahl", sagte der alte Mann.

„Früher habe ich für Schmuggler und Händler gekocht. Jetzt koche ich für Schmuggler und Gangster. Heute am frühen Abend habe ich etwas sehr Ausgefallenes kreiert. Geschmorte, flambierte Collypods mit Tangerette-Rahmfeigen. Absolut delikat! Unglücklicherweise habe ich etwas davon Bob Fortuna zum Probieren gegeben. Und einer der Collypods lebte noch ein bisschen, obwohl er in Flammen stand. Er verbrannte Fortuna den Ärmel. Ich konnte gerade noch die Flammen löschen. Dann habe ich Fortuna mit einem ganzen Monatsgehalt bestochen. Außerdem habe ich ihm Ziziibbon-Trüffel gegeben, die ich erst heute Morgen frisch zubereitet hatte. Bib Fortuna mag sie ziemlich gern."

Gab'borah zuckte mit den Schultern. „Er hat mich nicht in die Sarlacc-Grube geworfen, was er normalerweise sicher getan hätte. Aber er hat mich deshalb zur Strafe hier nach unten geschickt."

Er steckte eine seiner runzligen Hände in die Tasche seiner Robe und holte ein kleines, rundes Objekt heraus. Es war hellgrün und mit roten und gelben Streifen überzogen.

„Hier." Er hielt es Boba hin. „Diesen habe ich aufgehoben. Keine Sorge, er ist nicht vergiftet." Um das zu beweisen, biss er selbst ein Stück davon ab. „Siehst du? Probier mal und sag mir, was du denkst."

Boba sah den Trüffel misstrauisch an. Dann drehte er sich zur Seite, hob seinen Helm ein wenig und steckte den Trüffel in den Mund.

Er schmeckte delikat.

Er *war* delikat.

„Das ist großartig!", sagte Boba mit vollem Mund.

Gab'borah nickte. „Ich weiß. Ich bin der Einzige in der Galaxis, der das Rezept kennt. Deshalb würde Bib Fortuna auch niemals zulassen, dass mir etwas Ernsthaftes zustößt."

„Nur Ihr kennt das Rezept?" Boba leckte seine Lippen und genoss den letzten Rest des süßen Geschmacks.

„Ja." Gab'borah wandte sich ab. Sein verrunzeltes Gesicht wurde traurig. „Ich wollte das Geheimnis meinem einzigen Kind und Erben hinterlassen, aber ..."

Er verstummte. In einem der Käfige gab ein Vrblther seinen seltsamen jodelnden Schrei von sich. Boba rieb sich die Augen. Es war spät. Er musste schlafen. Doch vorher hatte er noch eine Frage an Gab'borah.

„Ihr habt vorhin einen Namen erwähnt", fragte er so beiläufig wie möglich. „Durge. Ist er hier?"

„Durge?" Der alte Mann unterdrückte ein Schaudern. „Ein Kopfgeldjäger von furchtbarer Stärke und Zerstörungskraft."

Er streckte die Hand aus und berührte Bobas Helm. „Du solltest sehr wachsam sein. Durge hasst Mandalorianer ebenso wie die Jedi. Seine Panzerung ist mit den Symbolen von Mandalorianern tätowiert, die er getötet hat."

„Jetzt erinnere ich mich", sagte Boba. Er tat aber so, als wäre das alles neu für ihn. Trotz der heißen, feuchten Luft im Frachtraum wurde ihm kalt. „Er wäre gern das genetische Vorbild für die Klon-Armee gewesen."

Gab'borah sah Boba respektvoll an. „Ja, so gehen die Gerüchte", sagte er. „Wie hast du davon erfahren?"

Boba zögerte. „Jango Fett hat es mir erzählt", sagte er schließlich.

In Gab'borahs Augen war jetzt Neugierde zu lesen. „Dann

weißt du auch, dass Durge jubelte, als Jango Fett getötet wurde. Er bedauerte nur, dass er ihm nicht selbst den tödlichen Hieb versetzt hat."

„Ja", sagte Boba. Er bekam feuchte Augen und musste kämpfen, um seine Stimme nicht zu verlieren. „Ich weiß."

„Du wirst dann auch wissen, dass dein Leben in Gefahr ist, wenn Durge dich sieht."

„Ich wurde von Jabba the Hutt als Kopfgeldjäger angeheuert", sagte Boba entschlossen. „Ich stehe unter seinem Schutz!"

Gab'borah schüttelte den Kopf. „Jabba hat auch Durge als seinen Kopfgeldjäger angeheuert."

Der Koch legte die Hände an den Rand der Koje und sah hinaus in den vollen Frachtraum. Die gamorreanischen Wachen lagen jetzt laut schnarchend auf dem Boden oder in Hängematten. Zwei standen neben der Leiter Wache, die zum Oberdeck führte. Gab'borah beobachtete sie kurz und drehte sich wieder zu Boba um.

„Ja, mein junger Krieger", sagte er. „Es gibt keinen Schutz, wenn es um Jabba the Hutt geht. Keine Sicherheit. Es gibt nur Wagemut und Stärke, wenn du sehr, sehr, sehr viel Glück hast. Und wenn nicht? Dann gibt es nur Qualen."

Der alte Mann stieg aus der Koje und legte sich in eine Hängematte, die daneben hing.

„Wir werden den Palast erreichen, bevor noch viele Stunden ins Land gehen", sagte er zu Boba. „Ich rate dir, jetzt zu schlafen. Es ist schwer, wagemutig oder stark zu sein, wenn man nicht ausgeruht ist."

Schlafen! Boba starrte Gab'borah ungläubig an. Wie konnte

jemand in einem stinkenden, überladenen Raum wie diesem schlafen?

Doch nur ein paar Minuten später folgte er Gab'borahs Ratschlag.

Es war ein langer, langer Tag gewesen. Und schließlich schlief Boba ein.

Kapitel 17

Boba wurde von einem lang gezogenen Knurren geweckt. Als er die Augen öffnete, sah er, dass der Vrblther ihn hungrig aus seinem Käfig anstarrte. Seine grünen Augen leuchteten unheilvoll und seine langen, gelben Zähne ragten aus dem schwarzen Zahnfleisch hervor. Boba setzte sich hastig in seiner Koje auf. Der Vrblther öffnete das Maul zu einem Grinsen und ließ seinen Kopf wieder auf die Klauen sinken.

Und was jetzt? Boba sah sich um. Im Frachtraum war es ruhig – bis auf das Schnarchen der gamorreanischen Wachen, die auf dem Boden lagen. Die beiden Wächter neben der Leiter saßen mit gesenktem Kopf auf dem Boden.

Sie schlafen im Dienst!, dachte Boba. *Ich möchte wetten, dass Jabba das nicht gefallen würde.*

Er warf einen Blick auf Gab'borah, der schwer atmend in seiner Hängematte lag. Dann drehte Boba sich in seiner Koje zur Seite, sodass ihn niemand sehen konnte. Er hob seinen Helm.

Luft! Er konnte es zwar nicht als Frischluft bezeichnen, doch es war noch immer besser, als durch das Visier des Helmes zu atmen. Boba rieb sich die Augen. Staub und Sand blieben an seinen Fingern kleben. Er wischte sie an seiner Tunika ab. Dann holte er vorsichtig sein Buch heraus.

Er kniete sich hin und schlug es auf. Auf der Displayseite tauchten Wörter auf:

Um Wissen zu erlangen, musst du Jabba finden.

Bobas Finger schwebte über der Seite. Er berührte ein Wort.

Jabba.

Der Satz verschwand sofort und eine andere Anzeige tauchte auf. Worte füllten das Display. Boba überflog alles, bis er gefunden hatte, was er suchte.

Palast.

„Erzähl mir davon", flüsterte Boba. Er drückte den Befehl für Spracherklärung. Fast augenblicklich begann die Stimme seines Vaters zu ihm zu sprechen. Die Stimme war so leise, dass er sich anstrengen musste, um sie hören zu können.

„Jabbas Palast steht auf dem ehemaligen so genannten B'omarr-Kloster. Meide die unteren Ebenen um jeden Preis. Dort befinden sich das Gefängnis, die Verliese und die Höhlen der Grubenbestien, die im Laufe der Jahre entkommen sind. Auf der obersten Ebene halten sich Jabbas Ehrengäste auf – so lange sie geschätzt sind. Die normalen Gäste enden meist als Abendessen für einen Krayt. Oder als Mittagessen für den Sarlacc. Kopfgeldjäger schneiden normalerweise etwas besser ab, wenn sie erfolgreich sind."

Die Stimme verstummte. Jango Fetts Bildnis erschien auf dem Display und sah Boba an. „Es gibt nur eine Regel – eine *einzige* Regel –, wenn man mit Jabba the Hutt Geschäfte machen will", betonte Jango Fetts Bildnis feierlich. „Versage nicht."

„Ich werde nicht versagen", murmelte Boba. Er fuhr mit dem Finger den Umriss des Gesichtes seines Vaters nach. Einen Moment lächelte Jango seinen Sohn an. Dann verschwand das Bildnis, der Schirm wurde dunkel und Boba sah sein eigenes Spiegelbild. Er sah zwar noch nicht wie sein Vater aus, aber er war auch nicht mehr der kleine Junge, der er einst gewesen war. Seine Augen waren entschlossener geworden. Sein Mund sah aus, als würde er nicht oft lächeln.

Boba legte das Buch weg. Er fuhr sich mit einer Hand durch die Haare und stand auf. Durch kleine Risse in der Wandung der Barke drang Licht herein. Auf dem Oberdeck hörte er Schritte und den Klang einer Glocke.

„Aufwachen ihr Faulpelze!", bellte jemand. Das auf dem Kopf stehende Gesicht eines Gamorreaners erschien in der Luke über der Leiter. „Wir docken in fünfzehn Minuten an!"

Die schlafenden Wachen grunzten und stöhnten. Sie rappelten sich langsam auf und traten nach denen, die noch immer dösend auf dem Boden lagen. Gab'borah drehte sich in seiner Hängematte. Er gähnte, kletterte heraus und streckte sich.

„Guten Morgen allerseits! Und? Gut geschlafen?" Er zwinkerte Boba zu.

„Wie ein Baby", gab Boba zurück.

„Gut so. Schlaf ist wichtig für einen Krieger. Und ein Frühstück auch."

Gab'borah schaute sich verstohlen um. Dann holte er zwei kleine Päckchen aus seiner Robe.

„Hier", flüsterte er und gab Boba eines davon. „Gleb-Rationen. Schmeckt nicht so gut wie das, was du gestern Nacht hattest, aber es füllt den Magen und versorgt dich mit den nötigen Nährstoffen für einen ganzen Tag."

Boba wickelte das Päckchen aus. Darin befand sich ein kleiner Riegel, der aussah, als wäre er aus Pappe.

Er schnüffelte daran.

Er roch auch nach Pappe. Er sah Gab'borah neugierig an, der seine Ration aß. Boba zuckte mit den Schultern und biss von seinem Riegel ab.

Er *schmeckte* auch wie Pappe. Aber es war besser als nichts. Er aß ihn schnell auf.

Gerade noch rechtzeitig.

„Du wirst auf Deck gebraucht!" Ein Gamorreaner stemmte eine behaarte Faust in Gab'borahs Magengrube. Der alte Mann krümmte sich und lief schnell zur Leiter. Boba wartete einen Augenblick und folgte ihm.

„He! Von *dir* hat niemand geredet!"

Die Bestie packte Boba an der Schulter. Der Vrblther im Käfig gab einen trillernden Schrei von sich.

„Er wird langsam hungrig!", sagte der Gamorreaner. Seine Schweinsaugen funkelten bösartig. „Wie wäre es, wenn wir ihm einen kleinen Imbiss geben würden?"

Boba wehrte sich gegen den Wachmann. „Ich bin hier auf Jabbas Wunsch!", rief er. „Lasst mich los oder Ihr werdet dafür bezahlen!"

Der Wachmann grunzte. „Jabba wird einen weiteren Kopfgeldjäger nicht vermissen. Er hat schon so viele verloren."

Boba schaffte es, dem Gamorreaner in den Magen zu treten. Der Wachmann drehte sich mit einem schmerzerfüllten und wütenden Brüllen weg und hob die Faust. „Wie kannst du es …“

„Verzeihung.“ Gab'borah räusperte sich und sah den Gamorreaner kalt an. „Dieser Krieger ist auf Jabbas ausdrücklichen Wunsch hier. Und auf meinen, denn er soll mir helfen, Jabbas Morgenmahlzeit zuzubereiten.“

Der Wachmann sah den alten Mann böse an.

Gab'borah erwiderte den Blick. „Ich wäre nicht gern derjenige, der dafür verantwortlich ist, dass Jabba auf sein Frühstück warten muss“, sagte er. „Komm …“

Er winkte Boba herbei. Der Gamorreaner beobachtete mit einem Knurren, wie Boba dem alten Koch hinterherlief.

„Bereitet Ihr wirklich Jabbas Frühstück zu?“, fragte er flüsternd, als er durch die Luke kletterte.

„Nein.“ Gab'borah streckte die Hand nach unten und zog Boba auf das Deck hoch. „Er isst meistens diese ekelhaften weißen Würmer. Und schleimige, kleine Wuorls. Aber die Gamorreaner sind so dumm, dass sie sich das nicht merken.“

„Gut“, sagte Boba.

Gab'borah sah Boba wehmütig an. „Du bist ein mutiger junger Mann“, sagte er. „Und du hast Glück. Auf Tatooine sind schon viele Kinder deines Alters verschwunden. Entführt. Ihre Familien hören nie wieder etwas von ihnen. Wir wissen nichts über ihr Schicksal.“

Die Augen des alten Mannes wurden traurig. Boba, der ihn ansah, wurde ebenfalls traurig. Aber auch aufgeregt.

„Ich habe sie gesehen!“, begann er. „Sie …“

Doch bevor er weitersprechen konnte, tauchte die schwarz gekleidete Gestalt Bib Fortunas auf.

„Du!“, befahl er mit seiner dünnen Stimme. Er zeigte mit seinem klauenartigen Finger auf Gab'borah. „Du sollst dich in der Küche melden – unverzüglich!“

Gab'borah verneigte sich. „Wie Ihr wünscht“, sagte er zu Bib Fortuna und warf Boba einen Blick zu. „Ich werde mich auf den Weg zur siebten Küche machen“, murmelte er. „Zu meinem normalen Arbeitsplatz.“

Boba sah ihn an. Er begriff, dass ihm der alte Mann auf diese Art und Weise mitteilte, wo er zu finden war.

„Auf Wiedersehen“, sagte Boba. Gab'borah lächelte und ging fort. Bib Fortuna drehte sich ungeduldig um.

„Und du …“ Die orangefarbenen Augen des Twi'leks sahen Boba eindringlich an. „*Du* bereitest dich für eine Audienz bei Jabba vor. Und wähle deine Worte weise.“ Sein Mund verzog sich zu einem bösen Lächeln. „Es werden vielleicht deine letzten sein!“

Kapitel 18

Boba sah dem Twi'lek hinterher, der zu einem erhöhten Bereich auf dem Hauptdeck ging. Darüber wehte ein leuchtend gelbes Sonnensegel, das Schutz gegen die Zwillingssonnen von Tatooine bot. Die beiden Sonnen brannten jetzt schon gnadenlos heiß vom Himmel, obwohl es noch früh am Morgen war. Auf der Empore stand ein Tisch mit Essen und große Karaffen mit kaltem Wasser, das auf diesem Wüstenplanet so wertvoll wie Edelmetall war.

Und Jabba war da. Er lag auf einer Plattform und hatte einen froschartigen Wuorl in einer seiner stummeligen Hände. Mit einem vergnügten Brummen warf er den Wuorl in seinen Mund. Boba holte tief Luft, rückte seinen Helm zurecht und ging zu der Empore.

„Oh erhabener Hutt", sagte er. Er bemühte sich, entschlossen, aber doch respektvoll zu klingen. „Ich erwarte Eure Anweisungen."

Jabba kaute noch eine Weile geräuschvoll und schluckte. Dann rülpste er.

„Du sagst, du bist ein Kopfgeldjäger?“, fragte er.

„Ja, oh mächtiger Jabba.“

Jabba starrte auf den mandalorianischen Helm. Boba spürte, wie ihm ein Schweißtropfen den Nacken herunter rollte. Er war froh, dass Jabba sein Gesicht nicht sehen konnte …

Oder konnte er es etwa sehen?

„Du bist klein für einen mandalorianischen Krieger“, sagte Jabba langsam auf Huttisch. Seine Augen verengten sich. „Ich habe einen Auftrag, der sehr gefährlich ist. Er verlangt Mut und Fähigkeiten.“

„Ich besitze beides“, betonte Boba.

„Das haben schon andere von sich behauptet.“ Jabba schüttelte sich vor Lachen. „Ihre Knochen liegen jetzt in einem Acklay-Bau!“

„Bitte verzeiht, oh Erhabener.“ Bib Fortuna kam neben dem Gangster auf die Empore. Er senkte den Kopf und sagte: „Wir haben den Palast erreicht.“

Er hatte kaum zu Ende gesprochen, da bremste die Segelbarke ab. Der Boden unter Boba schien sich aufzubäumen. Er fand gerade noch das Gleichgewicht wieder, sodass er nicht stürzte.

„Oh großer Jabba“, begann er. „Ich würde gern …

„Ruhe!“, brüllte Jabba. Er sah Boba böse an. „In fünf Minuten werde ich dich und noch einen Kopfgeldjäger in meinem Thronsaal empfangen. Dort bekommt ihr eure Aufgabe gestellt. Wenn du zu spät kommst, wird ein anderes Arrangement getroffen.“

Der Verbrecherfürst gab ein langes, vergnügtes Lachen von sich. „Dieses Arrangement schließt meine Nahkampf-Arachniden ein. Ich habe herausgefunden, dass sie besser kämpfen, wenn sie hungrig sind."

Boba nickte ernsthaft. „Ich werde pünktlich sein", sagte er.

Doch Jabba rutschte schon von der Empore herunter.

Auf dem Deck herrschte ein einziges Chaos. Leute rannten hin und her, um Leitern und Planken hervorzuholen und über die Reling zu schieben. Für Jabbas Ausstieg stand schon eine besonders breite Rampe bereit.

„Bewegung!", brüllte ein Wachmann.

Boba ging eilig zur Reling, wobei er die Augen mit den Händen gegen die Sonnen abschirmte. Dort im Sand sah er Jabbas Palast zum ersten Mal.

„Wow!", keuchte er.

Um ihn herum erstreckte sich die Einöde des Dünenmeers. Ferne Berge ragten über roten Wanderdünen und tiefen Schluchten empor. In weiter Ferne sah er schwarze Umrisse, die sich über die Wüste schoben – eine Herde wilder Banthas.

Irgendwo dort draußen lebten die barbarischen Sandleute, die Tusken Raiders. Und irgendwo schlachteten Jawas gerade Raumfrachter und verlassene Feuchtfarmen aus.

Aber hier gab es keine Sandleute. Und keine Jawas.

Hier gab es nur die Festung von Jabba the Hutt.

Und diese Festung war größer, stärker und schöner als alles, was Boba jemals gesehen hatte. Ein riesiger Turm von der Größe eines Berges ragte zwischen den Felsenklippen empor. Um diesen Turm herum standen weitere schlanke Türmchen und runde Gebäude mit zwiebelförmigen Dächern, die lilafarbene Schatten auf den hellen Sand warfen. Gleiter mit Gästen und Waren zischten zwischen den Türmen hin und her.

„Beeindruckend, nicht?", sagte eine Roboterstimme.

Boba drehte sich um und erblickte einen humanoiden Protokoll-Droiden neben sich. Sein gelber Plaststahl-Körper glänzte in der Morgensonne.

„Ja, stimmt", gab Boba zurück. Er passte das Visier seines Helmes an, um seine Augen gegen das grelle Licht abzuschirmen.

„Das war vor langer, langer Zeit einmal ein B'omarr-Kloster", fuhr der Droide fort. „Damals gab es hier viele tausend Mönche. Jetzt sind es nur noch ein paar. Man hat ihre Gehirne in die Gehäuse von Spinnen-Droiden transferiert. Manchmal sieht man sie auf den oberen Ebenen."

Boba zog im Schutz seines Helmes eine Grimasse.

Uääh, dachte er. *Denk daran, nicht auf die oberen Ebenen zu gehen.*

„Nicht stehen bleiben!", bellte ein Gamorreaner.

Boba ging zu einer dicht bevölkerten Rampe. Der Droide ging neben ihm her. Als sie auf die wackelige Rampe stiegen, erfüllte ein ohrenbetäubendes Donnern die ruhige Wüstenluft.

„Wow!", stieß Boba hervor. „Was war denn das?"

Er sah nach oben, wo gerade ein riesiger Gleiter vorbeiraste. Er zog eine Spur aus glühendem Dunst hinter sich her. Eine große, kräftige Gestalt steuerte den Gleiter. An den gepanzerten Schultern hingen allerhand Waffen. An den Unterarmen hingen Granaten wie funkelnde Augen.

Der Gleiter raste auf Jabbas Zitadelle zu. Boba konnte gerade noch den roten Umriss eines mandalorianischen Totenschädels erkennen, der auf der silberfarbenen Panzerung prangte.

„Das ist Durge“, sagte der Droide. „Jabba hörte, dass er gerade auf Tatooine war und machte ihm ein großzügiges Angebot.“

Der Droide sah Boba an. Seine runden Augen waren zwei vollkommen emotionslose Sensorscheiben.

„Wer auch immer verliert, wird Durge als Belohnung übergeben“, fuhr der Droide fort. „Auf diese Weise trainiert er seine Reflexe. Er übt an lebender Beute. Deshalb ist er auch der größte Kopfgeldjäger hier. Gerüchte besagen, dass er hinter jemandem bestimmtem her ist.“

Boba erwiderte den Blick des Droiden. Er schüttelte den Kopf.

„Durge ist der größte Kopfgeldjäger?“, fragte er und dachte daran, was sein Vater wohl sagen würde. „Nun, dann würde ich sagen, dass es Zeit ist, das zu ändern!“

Bobas Worte klangen mutiger als ihm zumute war. Doch das fiel dem Droiden nicht auf.

„Komm mit“, sagte er. Hinter ihnen standen ungeduldige gamorreanische Wachen mit gezogenen Blastern. „Ich werde dich zum Thronsaal geleiten.“

„Vielen Dank“, sagte Boba. „Ich war noch nie hier.“

„Dank mir nicht“, sagte der Droide mit seiner kalten, mechanischen Stimme. „Ich bezweifle, dass du jemals wieder hierher kommen wirst.“

Boba folgte dem Droiden ohne ein weiteres Wort die Rampe hinunter und hinein in den Schatten von Jabbas Festung.

Kapitel 19

Im Innern war der Palast dunkel und kühl. Boba atmete erleichtert auf.

„Junge, das ist viel besser!", sagte er zu dem Droiden.

Doch seine Erleichterung hielt nicht lange an. Eine große, spinnenartige Gestalt auf langen Metallbeinen stakste vorbei. Das, was so aussah wie der Kopf der Maschine, war eine durchsichtige, mit Flüssigkeit gefüllte Kugel. In dieser Flüssigkeit schwebte etwas, das wie ein Gehirn aussah.

Boba starrte wie gebannt hin. „Ist das ein Mönch?"

„Nein", sagte der Droide, der sich gerade auf den Weg in die düstere Eingangshalle machte. „Das ist der letzte Kopfgeldjäger, denn Jabba auf Gilramos angesetzt hat. Zumindest das, was von ihm übrig ist."

Boba beobachtete noch einen Moment, wie die Gestalt in den Schatten stakste. Dann lief er schnell dem Droiden hinterher. Das Klacken der Spinnen-Droiden-Beine wurde hinter ihm leiser.

„Weshalb hat es noch niemand geschafft, Gilramos zu fangen?", fragte er.

„Tatooine ist ein sehr großer Planet", sagte der Droide. „Ein sehr öder Planet. Die Wüste bietet eine Menge Verstecke. Man könnte ein Leben lang suchen, ohne jemanden zu finden."

„Versteckt sich Gilramos dort draußen?", fragte Boba. „In der Wüste?"

„Die Kopfgeldjäger gehen davon aus. Hier ..."

Der Droide blieb stehen. Er deutet auf einen hohen, bogenförmigen Durchgang. „Hier geht es zu Jabbas Thronsaal. Ich muss dich hier allein lassen."

Er drehte sich um und ging fort.

Boba sah ihm hinterher. Sein Herz fühlte sich an wie ein Felsklotz. Er warf einen Blick auf den Durchgang.

Wenn er hier hindurch ging, würde er sich genau ins Zentrum von Jabbas Reich begeben.

Er wäre Jabba ausgeliefert.

Nein!, dachte er. Er legte eine Hand auf seine Tasche und spürte das Buch. Sofort wurde er ruhiger.

Angst ist Energie.

Sein Vater hatte ihm das beigebracht. Wenn du deine Angst im Zaum halten kannst, wird sie zu Macht.

Und du wirst stark.

Boba holte tief Luft. Sein Herz klopfte, doch es machte ihm keine Angst. Er sah zu dem Durchgang hinüber.

Von drinnen drang Musik heraus. Und Stimmen waren zu hören. Er konnte schrille Schreie und tiefes, kraftvolles Gelächter hören. Und er hörte eine Stimme, die so trocken und gnadenlos wie der Wüstenwind war.

Jabba.

Und Durge.

„Zeit, an die Arbeit zu gehen", sagte Boba.

Er ging hinein.

Der Thronsaal war riesig. In großen Lampen brannten flackernde Flammen. Schattenhafte Gestalten tanzen und sprangen umher. Jemand trällerte auf einer Flöte. Der Geruch von Rauch drang in Bobas Nase.

Und von gegrilltem Essen. In der Nähe von Jabbas Thron drehte sich ein Spieß mit einer riesigen Dämonen-Krake, deren Tentakel schon knusprig braun waren. Boba verging schlagartig der Appetit.

„Kopfgeldjäger!", rief Jabba, eine wahrhaft monströse Gestalt in der Mitte des Raumes. „Komm näher!"

Boba ging zu ihm. „Eure große Huttheit", sagte er und verneigte sich. „Ich bin gekommen, um Eure Anweisungen entgegenzunehmen."

Boba sah auf. Jabba lehnte sich auf seinem Thron zurück und schaute Boba mit zu Schlitzen verengten Augen an. Die Sänger und Tänzer um ihn herum hielten inne und starrten Boba ebenfalls an. Ihre Blicke waren allerdings voller Angst.

Und Erwartung.

„Habe ich gesagt, dass du reden sollst?", donnerte Jabba. Er lehnte sich nach vorn, sodass sein Schatten auf Boba fiel.

„N ... nein", stammelte Boba. „Aber ..."

Aus Jabbas Schatten tauchte eine zweite Gestalt auf. Riesig, muskelbepackt und von einer silbern glänzenden Körperpanzerung geschützt.

Es war Durge.

„Soll ich ihn gleich vernichten?", brüllte er, hob den Arm

und richtete einen Blaster auf Boba. Der mandalorianische Schädel auf seiner Brust schien zu brennen.

Boba spannte sich an. Aus dem Augenwinkel konnte er Dutzende von Jabbas Wachen sehen. Die Türen waren versperrt.

Er warf einen Blick auf den Boden. Dort sah er eine lange Rille, die quer vor Jabbas Thron verlief.

Eine Falltür. Jabba hielt sich Grubenbestien für sein grausames Privatvergnügen. Und um die zu bestrafen, mit denen er unzufrieden war. In dieser Richtung gab es also auch keinen Fluchtweg.

Boba schaute nach oben. Die Decke war kreuz und quer von Trägern überzogen. Dort oben waren katzenartige Shooks angekettet, von deren Reißzähnen Speichel tropfte. Sie sahen Boba mit ihren roten Augen hungrig an.

Durge kam einen Schritt auf Boba zu. „Es wird mir ein Vergnügen sein, dich zu töten", sagte er und zielte mit seinem Blaster.

„Das würde dir vielleicht gefallen!", brüllte Jabba. „Aber mir nicht!"

Er gestikulierte ungeduldig in Durges Richtung, doch der große Kopfgeldjäger starrte Boba weiter an. Seine Augen leuchteten blutrot hinter dem Visier des Helmes. Irgendwann senkte er schließlich den Blaster. „Wenn nicht jetzt", sagte er, „dann später."

„Ich habe eine Aufgabe für euch", fuhr Jabba the Hutt fort. „Irgendjemand hat sich in meine Schmuggelgeschäfte eingemischt. Irgendjemand hat sich geweigert, mit mir zusammenzuarbeiten. Dieser Jemand muss getötet werden."

„Ich werde mich darum kümmern!", sagte Boba. Seine Stimme hallte laut durch den Thronsaal.

„Sagst du." Jabba lehnte sich in seinem Thron zurück und streckte eine Hand aus. Sofort füllte ein Diener sie mit lebenden Würmern.

Jabba warf die Würmer in seinen Mund und kaute nachdenklich. Dann zeigte er auf Boba. „Mandalorianer, du hast keine Waffen!"

Der aufgeblasene Verbrecherfürst begann zu lachen. Und überall in dem Raum stimmten Gäste in das Lachen ein.

Nur Durge schwieg. Er sah Boba weiter hasserfüllt an.

Boba schüttelte den Kopf. *Denk nach!*

„So ist es, oh erhabener Jabba", sagte er schnell. „Ich habe darauf gewartet, meine Waffen von Euch und nur von Euch zu erhalten. Weil Ihr der größte Eurer Art seid. Und ich werde der größte unter den Kopfgeldjägern sein!"

Jabba lächelte. „Eine gute Antwort!"

Boba drehte sich um und sah furchtlos zu Durge hinauf. „Und eine wahre!"

Der Kopfgeldjäger griff wieder nach seinem Blaster. „Dafür wirst du mit großen Schmerzen bezahlen. Ich glaube, es ist an der Zeit, dass wir einen Blick unter deine Maske werfen!"

Und dann stürzte sich Durge mit Gebrüll auf Boba.

Kapitel 20

„Ho, ho, ho!" Jabba schüttelte sich vor Vergnügen. „Durge und ein unbewaffneter Krieger!"

Boba verschwendete keine Sekunde. Bevor Durge ihn packen konnte, tauchte er zwischen seinen Beinen hindurch.

Jabba lachte. „Er ist schnell!", rief er.

„Nicht schnell genug!", brüllte Durge.

Eine rotgelbe Flamme schoss aus der Mündung seines Blasters. Boba rollte sich zur Seite und war einen Augenblick später schon wieder auf den Beinen. Er sah sich um.

Der Grillspieß war nur ein paar Meter entfernt. Die Krake baumelte wie ein riesiger leerer Handschuh daran herunter. Flammen züngelten an den Tentakeln auf und nieder.

Boba lief so schnell er konnte zu dem Grill und ergriff das Ende des Spießes. Das Metall war warm, aber nicht heiß. Mit einem angestrengten Stöhnen hob er den Spieß an.

„Du!", schrie Durge. In der einen Hand hielt er einen Blaster, in der anderen einen Dolch.

Doch Boba sah nichts außer dem mandalorianischen Schädel auf seiner Brust. Er stieß einen Schrei aus und drehte den Spieß herum. Die kraftlosen Tentakel der Krake schwenkten wie Schwerter in Durges Richtung und schlugen ihm ins Gesicht. Einen Augenblick war er geblendet.

„Ahh!"

Doch dieser Augenblick reichte völlig aus. Boba stieß den Metallspieß gegen Durges Brust. Die Krake explodierte in einem Regen aus brennendem Fett, das sich über Durges Gesicht verteilte.

„Das hast du davon!", rief Boba. Er drehte sich keuchend zu Jabba um. „Könnten wir jetzt ..."

„Noch nicht, Mandalorianer!"

Boba machte einen Satz zur Seite, doch er war nicht schnell genug. Etwas kam auf ihn zugeflogen: Durges Dolch. Boba duckte sich und spürte, wie etwas seinen Helm streifte. Einen Moment wurde alles vollkommen dunkel. Und dann wieder hell. Boba spürte plötzlich die Luft wie Wasser auf seinem Gesicht. Neben sich hörte er ein dumpfes Fallgeräusch.

„Was soll denn das heißen?", rief Jabba überrascht. Er richtete sich von seiner Thronplattform auf und zeigte mit einem seiner Stummelarme auf die Szenerie.

Boba blinzelte. Vor sich sah er den nackten Boden ...

... und die leeren Augen seines Kampfhelms.

„Er ist nur ein kleiner Junge!", kreischte eine von Jabbas Twi'lek-Tänzerinnen. Ihre blaue Haut leuchtete, als sie Durge verächtlich ansah. „Der neue Kopfgeldjäger ist nur ein kleiner Junge!"

„Ein Junge?", wiederholte Jabba. Er schwieg einen Moment.

Boba rührte sich nicht. Seine Hand griff nach dem Helm, doch er traute sich nicht vom Fleck. Ein paar Meter neben ihm stand Durge, der ihn jetzt betrachtete, nachdem er es endlich geschafft hatte, ihn zu demaskieren.

Dann begann Jabba zu lachen. „Ein kleiner Junge! Und er hat Durge besiegt!"

„Er wird es nicht bis zum Erwachsenen schaffen!" Durge ging mit einem Schrei auf Boba los.

„Halt!", brüllte Jabba und sofort war Durge von einem Dutzend gamorreanischer Wachen umstellt. Er hob seinen Blaster.

Es tauchten noch mehr Wachen auf. Zögernd steckte Durge den Blaster weg. Er schaute Boba mit einem so wütenden und hasserfüllten Blick an, wie Boba ihn noch nie zuvor in seinem Leben gesehen hatte.

„Ich werde dich bis zum bitteren Ende jagen", sagte er so leise, dass nur Boba es hören konnte. „Das ist mein Auftrag und ich erledige *jeden* Auftrag."

Boba drehte sich schnell um. Er hob seinen Helm auf und klemmte ihn unter seinen Arm. Dann sah er zum Thron hoch. Er wusste, dass der Verbrecherfürst seine beste Chance war, Schutz zu finden.

„Oh, weiser Jabba", sagte er. „Lasst mich Euch zu Diensten sein. Gebt mir Waffen. Gebt mir einen Gleiter. Dann nennt mir Euren Auftrag und ich werde ihn erledigen."

„Dich bewaffnen?" Jabba verzog den Mund zu einem spöttischen Lächeln. „Aber du brauchst keine Waffen! Das hast du uns gerade eben bewiesen! Und was deine Dienste für mich betrifft ..."

Der echsenhafte Gangster sah von Boba zu Durge. „Irgendjemand mischt sich in meine Schmuggelgeschäfte auf Tatooine ein. Und dieser Jemand hat einen Ring aus Dieben, die ihm helfen. Sie stehlen meine Waffenlieferungen und er verkauft die Waffen."

„Wem verkauft er sie?", fragte Boba.

„Den Separatisten." Jabba lehnte sich nach vorn. „Aber es ist mir egal, wem er sie verkauft. Mich interessiert nur, dass er sich an meinem Eigentum vergreift. Ich will, dass er vernichtet wird. Und seine Gehilfen ebenfalls."

Boba nickte. „Kennt Ihr seinen Namen?"

„Ja. Er ist ein Neimoidianer. Sein Name ist Gilramos Libkath."

„Gilramos *Libkath*?", wiederholte Boba ungläubig.

„Wie ich soeben sagte", erwiderte Jabba ungeduldig. „Kennst du ihn?"

Libkath! Diesen Namen hatte doch Ygabba benutzt – für den Meister!

Boba verbarg seine Abscheu. „Ob ich ihn kenne?", fragte er.

Er warf einen Blick auf Durge.

Der verhasste Kopfgeldjäger war mindestens doppelt so groß wie er. Durge war bewaffnet. Er besaß einen Gleiter. Er hasste Mandalorianer.

Und so wie er Boba gerade anstarrte, hasste er Boba mehr als alles andere.

Ich hatte nur Glück, dachte Boba. *Ich konnte ihn zweimal überraschen.*

Doch ein drittes Mal wird er das nicht zulassen.

Boba schloss den Arm fester um seinen Helm.

Meine größte Stärke ist jetzt Wissen.

Ich weiß, wer Gilramos Libkath ist. Ich weiß, wo er ist.

Boba musste sich selbst korrigieren. *Ich weiß, wo er sein wird, wenn er Ygabba und den anderen die gestohlenen Waffen abnimmt.*

„Ich habe dir eine Frage gestellt!", sagte Jabba ungeduldig. „Kennst du Gilramos Libkath?"

Boba zögerte. Dann schüttelte er den Kopf. „Nein. Aber ich werde ihn finden."

„Vertraut ihm nicht!", ging Durge dazwischen. Die Gamorreaner um herum ihn grunzten leise. „Er hat Euch schon einmal hintergangen! Und er wird es wieder tun!"

Durge zeigte Boba eine Faust. „Überlasst ihn mir, Jabba! Ich sorge dafür, dass seine Lügen mit ihm sterben!"

Jabba betrachtete Durge nachdenklich. Dann wandte er sich an Boba. „Er hat Recht. Du hast mich hintergangen – und diejenigen, die mich hintergangen haben, leben nicht mehr, um es erzählen zu können."

„Oh, Eure Großartigkeit!", erwiderte Boba schnell. Seine Stimme klang sanft und schmeichelnd. „Ich habe Euch nicht hintergangen. Ich könnte niemals Eure gewaltige Weisheit hintergehen! Ich wollte Euch nur zeigen, wie schlecht dieser Kopfgeldjäger vorbereitet war – indem ich *ihn* hinterging!"

Er zeigte auf Durge. Jabba verdrehte leicht den Kopf und starrte den großen Kopfgeldjäger an.

„Ah!", entgegnete der mächtige Gangster. Er lächelte. „Natürlich! Das wusste ich!"

Er lachte dröhnend. Seine Höflinge lachten und kicherten ebenfalls.

„Vielen Dank, oh Jabba." Boba sah ihn tapfer an. „Und jetzt, wenn Ihr mir Waffen gebt, gehe ich. Ich werde nicht zurückkehren, bevor ich Gilramos Libkath gefunden habe."

„Dir Waffen geben?" Jabbas Tonfall wurde wieder kalt. „Ich gebe dir gar nichts!"

Er winkte in Richtung einer Nische. Sofort tauchte Bib Fortuna auf, der dort gewartet hatte.

„Diese Kopfgeldjäger verschwenden meine Zeit", sagte Jabba. „Sie reden, anstatt zu handeln. Dieser da ...", er zeigte auf Durge, „... ließ es zu, dass ein kleiner Junge ihn besiegte! Seine Reflexe sind langsam geworden." Ein hinterhältiges Grinsen machte sich auf Jabbas Gesicht breit. „Durge muss seine Fähigkeiten etwas auf Vordermann bringen. Dann wird er auch wieder schneller jagen. Und besser."

„Ich werde meine Zähne an den Knochen des Jungen schärfen!", brüllte Durge.

„Vielleicht." Jabba schüttelte den Kopf. „Aber zunächst wirst du mit ein paar meiner Grubenbestien Bekanntschaft machen."

Boba machte einen Satz nach hinten, als plötzlich der Boden unter seinen Füßen zu vibrieren begann.

Die Falltür öffnete sich!

„Nahkampf-Arachniden!", kreischte die Twi'lek-Tänzerin.

Der Raum war plötzlich von aufgeregtem Murmeln erfüllt. Die gamorreanischen Wachen stießen sich gegenseitig voller Erwartung an. Durge starrte Boba wütend an und hob dann eine Faust in Jabbas Richtung.

„Ich werde sie besiegen!", rief er.

Zu ihren Füßen tat sich ein breiter, dunkler Spalt auf.

In der Dunkelheit war Schnattern zu hören. Boba sah in den Spalt hinunter und erblickte zwei riesige caridanische Nahkampf-Arachniden, die auf dem Boden der Grube saßen. Sie hatten zwölf Beine, die mit scharfen Klauen und messerartigen Knochenauswüchsen versehen waren. Auf dem Rücken trugen sie dieselben Auswüchse. In den offenen Mäulern waren Zähne zu sehen, die eher an scharfe Dolche erinnerten. Und über den Zähnen glitzerten ein Dutzend Augen wie giftige Juwelen.

Boba zog scharf Luft ein und erregte damit die Aufmerksamkeit der Arachniden. Sie drehten sich und sahen nach oben. Vierzundzwanzig Spinnenaugen waren jetzt auf Boba gerichtet.

„Sie haben Hunger“, murmelte Bib Fortuna. Er lächelte.

„Und was dich betrifft“, sagte Jabba zu Boba, „wenn Durges Reflexe nicht gerade sehr, sehr langsam geworden sind, wird er sie besiegen.“

„Und dann werde ich jagen“, sagte Durge. Seine tiefroten Augen wichen nicht von Boba. „Ich werde dich jagen.“

Kapitel 21

Boba kämpfte gegen eine Welle der Angst. „Ich habe keine Waffen, oh Großartiger …"

„Du wagst es, mit mir zu diskutieren?", brüllte Jabba. „Du hast einen Vorsprung! Wenn du Glück hast, ein paar Minuten, wenn du Pech hast, ein paar Sekunden."

Er gab den gamorreanischen Wachen ein Signal und sie packten Durge. Er wehrte sich, aber nur ein wenig. Durge *wollte* kämpfen und ließ sich zum Rand des Spaltes schleifen. Dort unten hoben die Arachniden drohend ihre Vorderbeine. Ihre hungrigen Mäuler schnappten auf und zu.

„Werft ihn hinunter!", sagte Jabba.

Die gamorreanischen Wachen stießen Durge mit einem vergnügten Grunzen in die Grube. Doch im letzten Augenblick vor seinem Fall sah er Boba noch einmal scharf in die Augen.

„Wir sehen uns bald wieder!", rief Durge im Fallen. „Und es wird das letzte Mal sein!"

Der große Kopfgeldjäger schlug hart auf dem Grubenboden

auf. Doch seine Waffen hatte er bereits kampfbereit in den Händen und seine Augen leuchteten wütend.

Die Nahkampf-Arachniden liefen auf ihn zu. Ein Feuerball schoss aus Durges Blaster.

Was auch immer Durge ist, dachte Boba, *er ist kein Feigling.*

Eine bedrohliche Stimme drang an Bobas Ohr. „Bist du begierig, ihm Gesellschaft zu leisten?“ Es war Bib Fortuna.

„Nein danke!“, sagte Boba.

Er zog sich von der Grubenöffnung zurück. Jabba aß auf seinem Thron gerade eine Hand voll Würmer. Er rülpste und sah dann Boba an.

„Vielleicht solltest auch du deine Reflexe etwas trainieren?“

Boba verneigte sich hastig. „Ich werde zurückkehren“, sagte er. „Mit Gilramos Libkath!“

„Nicht nur mit Gilramos“, sagte der Gangsterlord warnend. „Ich möchte auch seine Anhänger vernichtet sehen. *Jeden einzelnen von ihnen.*“

Bobas Mund wurde trocken. Ygabba und die anderen Kinder fielen ihm ein. Er dachte an die schrecklichen, leuchtenden Augen in ihren Handflächen. Er erinnerte sich daran, wie müde die Kinder aussahen. Wie hungrig.

Wie verzweifelt und wie traurig.

„Ich werde mich um sie kümmern, oh Erhabener“, sagte Boba.

Das werde ich tatsächlich, dachte er. *Jabba braucht ja nicht zu wissen, wie.*

Er drehte sich um und verließ schnell den Thronsaal.

„Und was jetzt?“, murmelte Boba zu sich selbst. *Ich weiß, wo Gilramos ist, aber wie komme ich dorthin?*

Er rannte, bis er an das Ende eines langen Korridors kam. Er blieb stehen und schaute sich um.

Der Korridor teilte sich an dieser Stelle. Eine der Abzweigungen war hell erleuchtet und kühle Luft wehte Boba aus diesem Gang ins Gesicht. Irgendwo sah Boba Service-Droiden und einen drovianischen Diener, der vor einer Tür wartete.

Er warf einen Blick in den anderen Gang. Er war dunkel und hatte einen rauen Boden.

Aber hier roch es gut. Es roch nach Essen. Es roch nach Küche.

„Gab'borah!"

„Ich werde mich auf den Weg zur siebten Küche machen", hatte der alte Mann gesagt. *„Zu meinem normalen Arbeitsplatz."*

Boba betrat den dunklen Gang. Die Luft war voller Dampf. Über einer offenen Feuerstelle hingen blubbernde Kochtöpfe. Ein otterartiger selonianischer Koch stand an den Töpfen und rührte darin herum. Als er Boba sah, runzelte er die Stirn.

„Ist das die siebte Küche?", fragte Boba keuchend.

Der Selonianer schüttelte den Kopf und tauchte einen langen Kochlöffel in den Topf. Als er ihn wieder herauszog, lag eine dicke rosafarbene Larve darauf.

„Das ist die erste Küche", sagte er und hielt Boba die dampfende Larve hin. „Mal probieren?"

„Äh ... heute nicht!", gab Boba schnell zurück.

Er lief den Gang zurück in den Korridor und warf einen Blick in Richtung des Eingangs. Gestalten liefen dort hin und her. Geschrei war zu hören.

„Durge ist schon entkommen!", sagte Boba zu sich selbst. „Mann, ist der schnell – aber ich bin schneller!"

Er rannte zur nächsten Tür und öffnete sie. Dahinter war ein Raum voller durchsichtiger Wassertanks, in denen grüne und blaue Seafah-Schellfische behäbig umherschwebten. Lambo-Haie, eine andere Delikatesse, schwammen unruhig hin und her.

„Küche sieben?", rief Boba einem Droiden zu, der Schellfische in einen Kessel mit heißem Wasser warf.

„Da entlang", sagte der Droide und zeigte in die Richtung, aus der Boba gekommen war.

Wieder zurück in den Korridor! Der Lärm vom jenseitigen Ende war jetzt noch lauter. Boba verschwendete keine Zeit damit, sich umzusehen. Er lief zur nächsten und zur übernächsten Tür.

In der dritten Küche standen unzählige Töpfe voller Mugruebe-Gulasch. Es roch so gut, dass Boba sich beinahe nicht losreißen konnte.

Aus dem vierten Raum zu verschwinden, machte ihm allerdings keine Probleme. Der war eigentlich gar keine Küche, sondern eine Brutkammer für weiße Maden – Millionen davon! Sie krochen und wanden sich in langen, offenen Becken. Droiden füllten sie in Eimer und warfen sie auf ein Förderband.

„Bäh!", stieß Boba aus.

So hungrig kann doch niemand sein!

In der fünften Küche gab es nur Gemüse und Obst. Das meiste davon lebte und bewegte sich.

Die sechste Küche war für das Fleisch da. Boba warf einen Blick hinein. Ein caridanischer Koch winkte ihm mit einem riesigen Messer zu.

„Ja!" Das übergroße, kakerlakenhafte Wesen grinste ihn aufgeregt an. „Endlich! Der Hauptgang ist angekommen!"

„Falsche Küche!“, rief Boba hastig und schloss die Tür.

Er rannte wieder in den Korridor. Wieder hörte er Geschrei vom anderen Ende. Er hörte eine tiefe Stimme, die er als die von Durge erkannte. Dann ertönte die laute Explosion eines Blasterschusses.

Er hörte Schritte und einen wütenden Schrei. Beides klang ziemlich nah.

Gleich vor Bobas Nase war eine Tür. Irgendwelche huttische Buchstaben und Zahlen standen darauf.

„Wenn das nicht Küche Nummer sieben ist, habe ich ein Problem“, sagte Boba grimmig.

Er öffnete die Tür. Ein paar Männer und Frauen in tatooinischer Kleidung standen an einem langen Tisch, auf dem seltsame Objekte lagen. Sie sahen wie grellbuntes Spielzeug aus. Oder waren es Waffen? Boba konnte es nicht mit Sicherheit sagen.

Aber was auch immer es war, es roch gut.

Nein. Es roch *großartig*.

„Kann ich dir helfen?“, fragte jemand.

Boba stand einfach nur da. Einen Moment wurde ihm schwindelig. Er roch den Duft von warmem Zucker, von Schokolade und Pfefferminz. Er hatte das Gefühl, dass er gleich ohnmächtig vor Hunger werden würde.

„Junger Sir!“

Boba blinzelte. Gab'borah stand vor ihm. Der alte Mann trug die grüne Robe und den Hut eines Kochs. In einer Hand hielt er einen großen Löffel. In der anderen wand sich ein Augenstängel. Ein rundes blaues Auge sah Boba an.

„Ich mache gerade das Dessert für heute Abend fertig“, erklärte Gab'borah. Er wandte sich schnell ab und ging zu dem Tisch. Dort beugte er sich vor und steckte den Augenstängel mitten in eines der bunten Objekte. Es war kein Spielzeug und keine Waffe, wie Boba jetzt feststellte. Es war ein Törtchen.

„Na also!", sagte Gab'borah stolz und strahlte Boba an. „Ich bin so froh, dass du zu Besuch gekommen bist!"

Plötzlich hörten sie einen Schrei aus dem Korridor hinter ihnen. Boba wirbelte herum, knallte die Tür zu und schloss sie ab.

„Ich brauche Hilfe!", keuchte er. „Sofort!"

Der alte Mann starrte ihn an. Einen Augenblick später nickte er.

„Verschwindet!", sagte er und scheuchte die anderen Köche weg. Dann sah er Boba wieder an.

„Was ist denn los?", fragte er leise.

Hinter der geschlossenen Tür ertönte noch ein Schrei. Gab'borah hob wissend eine Augenbraue.

„Ah – jetzt verstehe ich!", sagte er. „Das ist Durge. Jabba hat ihn auf dich angesetzt."

„Genau", sagte Boba. Er sah sich wieder verzweifelt um. „Gab'borah, ich muss hier schnell verschwinden. Nicht nur aus dieser Küche, sondern aus der Festung."

Gab'borah runzelte die Stirn. Er und Boba sahen zur Tür. Sie bebte schon. Durge würde sie jeden Moment zerbrechen.

„Folge mir", flüsterte der alte Mann und ging zur anderen Seite der Küche. Boba folgte ihm auf den Fersen. „Hier ..."

Gab'borah öffnete eine Tür. Dahinter lag eine Art Kammer und eine weitere offene Tür. Die Kammer war voller Müll.

„Ich war mir sicher, dass es hier irgendwo ist …", murmelte Gab'borah.

Er wühlte durch allerhand Sachen und suchte etwas. Alte Küchengeräte, Schüsseln und Pfannen, Ofenteile, die nicht mehr benötigt wurden, Messer …

Und ein Jetpack, das neben der Tür hing.

„Da ist es!" Gab'borah nahm das Jetpack von der Wand und reichte es Boba. „Siehst du? Ich denke die ganze Zeit an Flucht."

Boba untersuchte das Jetpack. Es war ein älteres Modell für einen Erwachsenen. Er sah die Treibstofftanks genauer an.

„Sie sind noch voll", sagte er. Er warf Gab'borah einen Blick zu und grinste. „Danke, das ist prima!"

„Ist mir ein Vergnügen", sagte der alte Mann mit einer Verneigung.

Er beobachtete, wie Boba die Gurte des Jetpacks einstellte und es auf seinen Rücken schnallte.

Da drang aus dem Korridor ein ohrenbetäubender Knall.

„Mandalorianischer Zwerg!", donnerte eine Stimme. Boba warf einen Blick hinaus und sah, wie Durge durch die Tür stürmte.

„Geh jetzt!", rief Gab'borah. Er öffnete die Innentür der Lagerkammer und schob Boba hindurch. „Schnell!"

„Boah!", stieß Boba hervor.

Er stand auf einem schmalen Sims hunderte von Metern über dem Boden. Hinter seinem Rücken ragte Jabbas gewaltige Festung auf und die Zwillingssonnen von Tatooine brannten auf ihn herunter. Die Hitze drang auf ihn ein wie giftiger Regen.

Unter ihm erstreckte sich das Dünenmeer wie eine flimmernde Fata Morgana.

„Aus dem Weg, alter Mann!“, brüllte Durge.

„Geh!“, schrie Gab'borah, als der riesige Kopfgeldjäger ihn zur Seite drängte.

Boba warf einen Blick zurück. Jetzt musste ihn niemand mehr zur Eile mahnen. Der mordgierige Kopfgeldjäger stand da und zielte mit seinem Blaster auf Boba.

„Jetzt habe ich dich genau dort, wo ich dich haben will!“, johlte Durge. „Bereit zu sterben?“

„Noch nicht!“, rief Boba und stülpte schnell den Helm über seinen Kopf. Dann zündete er das Jetpack. Hinter ihm schossen die Flammen aus den Düsen. Die Hitze versengte ihm beinahe die Beine.

Doch Boba hatte keine Zeit, darüber nachzudenken. Er konnte über gar nichts nachdenken.

„Juhuuuuuuu!“, rief Boba.

Und dann ließ er die Welt hinter sich zurück.

Er flog!

Kapitel 22

Boba flog natürlich nicht zum ersten Mal. Er war schon in Luftgleitern und Swoops geflogen. Er war schon in seinem hyperschnellen Schiff *Slave I* geflogen.

Doch das alles war kein Vergleich mit dem, was er jetzt erlebte.

„Mann, ist das großartig!", jubelte er, als er mit Saltos durch die Luft flog. Jabbas Palast war auf einmal so klein, dass er aussah wie eines von Gab'borahs Törtchen. Als Boba sich umdrehte, konnte er Durge sehen. Der Kopfgeldjäger stand in dem offenen Ausgang über dem Abgrund. Er war nur noch ein kleiner Fleck, nicht größer als ein Insekt. Er war sogar kleiner als ein Insekt.

Und dann war er verschwunden!

Boba beobachtete, wie die Zitadelle in der Landschaft verschwand. Dann vollführte er noch ein paar Saltos. Er ging in den Sturzflug und drehte sich um die eigene Achse, wie er es auch mit der *Slave I* im Weltraum tat und wie er es bei seinem Vater gesehen hatte. Er übte, wie er das Jetpack steuern konnte, wobei er sich immer an die Manöver seines Vaters zu erinnern versuchte, an die Art, wie der durch die Luft geflogen war. Dann schaltete er die Zündung ab und ließ sich frei fallen.

Der rot-golden-braune Boden kam in rasendem Tempo auf ihn zugeschossen. In letzter Sekunde zündete Boba das Jetpack wieder. Die Raketen erwachten flackernd und donnernd zum Leben und zogen Boba wieder nach oben. Er schoss wieder in die flirrende Luft hoch. Er drehte sich noch ein paar Mal auf gut Glück, stellte seinen Helm ein und schaltete dann sein Navigationsprogramm ein.

„Mos Espa", sprach er hinein. In seinem Helm schalteten ein paar rote Leuchten auf grün und ein Strom von Richtungsdaten blinkte vor Bobas Augen auf. Dann erschien eine virtuelle Landkarte in Bobas Gesichtsfeld. Er blinzelte.

Mos Espa ist zu weit weg, dachte er ärgerlich. Mit einer Segelbarke könnte er in einem Tag dort sein, aber mit einem Jetpack?

Niemals.

Und was jetzt?

Boba schwebte in der Luft und schaute sich um. Weit unter sich sah er Jabbas Palast.

Ein stetiger Strom von winzigen, hellen Objekten floss aus dem Palast und verteilte sich in den umliegenden Wüsten: Gleiter, Segelbarken, alle in Jabbas Diensten.

Mit einem Gleiter wäre ich in null Komma nichts dort, dachte Boba. *Aber ich habe jetzt keine Möglichkeiten, einen zu stehlen, ohne gefasst zu werden.*

Aber eine Segelbarke ...

Er dachte über die Segelbarke nach, die ihn hierher gebracht hatte. An Bord war es ziemlich voll gewesen und es hatte ein Durcheinander geherrscht, trotz Jabbas Anwesenheit.

Doch Jabba und Bib Fortuna waren beide im Palast. Niemand würde jetzt so sorgfältig wie zuvor auf die Barken Acht geben.

Boba ging in einen schnellen Sinkflug. Er passte die Geschwindigkeit des Jetpacks an, um Treibstoff zu sparen. Den würde er später noch brauchen, wenn er nach Mos Espa kommen würde. Er flog so nahe wie möglich an das Tor des Palastes heran und beobachtete es.

Da!

Ein Fracht-Skiff schwebte gerade aus dem Tor. Das breite Oberdeck stand voller Transportkisten und leerer Käfige. Boba sah ein paar Droiden an Bord, die die Fracht ein letztes Mal prüften. Wenn er es schaffen würde, außer Sichtweite zu bleiben …

Lautlos ging er etwas tiefer und näherte sich dem Skiff von der Seite. In der Dunkelheit des offenen Tores standen ein paar Wachen. Sie unterhielten sich lachend miteinander – auf jeden Fall waren sie nicht bei der Sache.

Gut so!, dachte Boba. Er steuerte das Jetpack so, dass er nur ein paar Meter über dem Deck in der Luft hing. Dort standen große Kisten, die mit Netzen gesichert waren. Zwischen zweien dieser Kistenstapel gab es eine Lücke, die zu klein für einen Menschen oder für eine gamorreanische Wache war. Doch sie war gerade groß genug für Boba. Er sah sich noch einmal um, um sicherzugehen, dass die Wachen noch immer abgelenkt waren.

Sie waren es. Boba holte tief Luft. Er drosselte das Jetpack, bis er kurz über den Planken schwebte. Dann schaltete er den Antrieb ab, landete auf den Füßen und rannte mit klopfendem Herz zwischen die Kistenstapel.

In Sicherheit!

Vorerst.

Das Skiff war stundenlang unterwegs. Boba konnte aus seiner Position nur wenig sehen, also nutzte er die Zeit, um sich auszuruhen. Nach einer Weile lullte ihn das Wiegen des Skiffs in den Schlaf. Als er schließlich wieder aufwachte, standen die Sonnen von Tatooine auf der anderen Seite des Himmels. Es war spät geworden.

Wo wir wohl sind, fragte sich Boba. Er warf einen Blick nach draußen, sah aber nichts als Dünen. Über ihm flimmerte die Luft vor Hitze. Er duckte sich wieder in den Schutz seines Verstecks und benutzte noch einmal das Nav-Programm seines Helmes.

„Ich brauche die Koordinaten von Mos Espa", flüsterte er. „Ich hoffe, es ist nicht zu weit …"

Das war es nicht. Er prüfte den Treibstoffstand des Jetpacks und stellte erfreut fest, dass es gerade noch bis Mos Espa reichte. Er steckte den Kopf aus seinem Versteck und schaute sich um.

Nirgendwo waren Sicherheits-Droiden oder sonst jemand zu sehen.

Bobas Herz schlug vor Aufregung bis zum Hals. *Jetzt oder nie!*

Dann sprang er – höher und höher und höher. Das Jetpack schleuderte ihn hoch in den Himmel. Das Skiff schrumpfte unter ihm zu einem winzigen Punkt im Sandozean. Weit, weit hinter ihm lag Jabbas Palast; irgendwo vor ihm wartete Mos Espa – und seine Zukunft.

Boba flog weiter.

Das Dünenmeer zog unter ihm vorbei. Er sah Feuchtfarmen und das Metallgerüst eines riesigen, vom Sand zerfressenen Frachters. Er sah kleine Außenposten, bei denen die Farmer ihre Versorgungsgüter kauften und Wasser gegen Lebensmittel tauschten.

Einmal sah er, wie sich der Boden hunderte Meter unter ihm bewegte und bebte, als wäre er aus Glibber. Irgendeine riesige Kreatur jagte etwas unter der Oberfläche des Sandes.

Und er sah einen winzigen schwarzen Punkt am Himmel hinter ihm. Er war viele Kilometer entfernt.

Doch er holte auf.

Es war Durge. Er jagte Boba.

„Mal sehen, ob ich ihn abhängen kann", sagte Boba. Vor ihm sah er eine lange gezackte Linie im Sand, die sich in Flugrichtung erstreckte.

Eine Schlucht.

Er lenkte das Jetpack so, dass er in die Schlucht sank. Sie war vielleicht zehn oder zwanzig Kilometer lang. Und hier war es kühler als so weit oben in der Luft. Boba schoss im Zickzack die Schlucht entlang. Er hob seinen Helm und ließ die kalte Luft an seine Wangen.

Dann sah er, wie das Ende der Schlucht näher kam. Er zog hoch, wieder in die heiße, trockene Luft. Er drehte den Kopf und warf einen Blick über die Schulter.

Keine Spur von Durge.

Abgehängt.

Er sah nach vorn.

Schluck!

Dort war Mos Espa.

Sehr nahe.

Und dort, nur ein paar Meter entfernt, schwebte Durges Gleiter.

„Ich hab' dich!“, rief Durge. Er stand auf, hob einen Flammenwerfer und legte an. Sein Gleiter schwankte leicht hin und her, als er sich ausbalancierte.

„Das werden wir noch sehen“, erwiderte Boba. Er ließ seine Hand unauffällig zum Zündungsschalter seines Jetpacks wandern und schaute den gepanzerten Kopfgeldjäger herausfordern an.

„Drei“, zählte Boba leise. Er sah, wie Durge auf ihn zielte. Er wartete bis zur letzten Sekunde. „Zwei ... eins ...“

Aus dem Flammenwerfer schoss ein Feuerball hervor. Und im selben Augenblick erloschen die Flammen des Jetpacks. Boba fiel wie ein Stein.

Genau dort, wo gerade noch sein Kopf gewesen war, explodierte ein Feuerball.

Boba schaltete das Jetpack wieder auf volle Kraft. Er schlug einen Salto und drehte sich in der Luft, bis er parallel zum Boden war. Er ließ sich von seinem brüllenden Jetpack vorwärts schleudern, geradewegs unters Durges Gleiter hindurch.

„Du ...!“

Durge schrie wütend auf. Hinter Boba verpuffte ein weiterer Stoß aus dem Flammenwerfer. Und noch einer. Der Gleiter schwankte, als Durge sich wieder hinter das Steuer setzte. Er wendete das Fahrzeug und folgte Boba.

„Ich kann ihn abhängen“, sagte Boba laut. Er war sich nicht sicher, ob das stimmte. Doch es ging ihm besser, als er seine eigene Stimme hörte. „Ich kann es schaffen …“

Er sah auf. Durch den Dunst brannten die Sonnen von Tatooine auf ihn herab. Er drehte sich so, dass die beiden Sonnen direkt vor ihm standen. Wenn er jetzt alles richtig machen würde, müsste Durge einen Augenblick geblendet sein.

Und ein Augenblick war alles, was Boba brauchte, um zu entkommen!

Er flog auf die Stelle des Marktes von Mos Espa zu, wo der meiste Betrieb war, wo Händler ihre Waren anpriesen und wo hunderte von Wesen ihre Geschäfte abschlossen.

„Wenn ich es da hinein schaffe, kann ich ihn abhängen“, sagte Boba. „Und ich kann Ygabba suchen …“

Er warf einen Blick nach hinten. Durges Gleiter war langsamer geworden. Boba konnte die Reflexion des Sonnenlichts auf Durges polierter Körperpanzerung sehen.

Er drehte sich wieder nach vorn. Durges Gleiter konnte sich auf keinen Fall zwischen all den Wesen auf dem Markt bewegen.

„Das ist es“, sagte Boba.

Er drosselte das Jetpack ein wenig. Ihm sackte beinahe der Magen in die Hose, als er schlagartig vierzig Meter sank. Dann gab er wieder Gas und schoss waagerecht weiter, knapp über die Köpfe der verdutzen Wesen auf dem Markt hinweg. Er blickte sich um.

Durge war außer Sicht. Boba hatte ihm angehängt!

Glücklich drehte er sich wieder nach vorn und gab Vollgas.

Vor ihm lag der Ort, an dem er Gilramos Libkath finden würde.

Vor ihm lag Triumph – oder Tod.

Kapitel 23

Boba war klar, dass er ein leichtes Ziel abgab, so lange er sich in der Luft befand.

„Ich sollte da runter gehen", sagte er, als er über das Labyrinth aus Straßen und Gassen hinweg flog. „Da kann ich mich vor Durge verstecken – wenigstens für kurze Zeit."

Doch Zeit war genau das, was er nicht hatte. Überhaupt nicht.

Und er wusste nicht genau, wo sich Gilramos Libkaths Versteck befand.

Boba runzelte die Stirn. Er flog langsam über Cantinas und Landebuchten hinweg. Irgendwo in der Ferne sah er den verbeulten Umriss von Mentis Qinx' Werkstätte. Er stellte sich vor, dass er die wartende *Slave I* sehen konnte.

„Ich bin bald da", sagte er.

Er sah sich wieder um. Nicht weit entfernt ragte ein riesiges Gebäude in den Himmel. Es verdeckte beinahe den Himmel.

Die Arena.

Gilramos' Versteck ist in der Nähe der Arena!

Er kippte seitlich ab und sank, bis er nur noch ein paar Meter über dem Boden flog. Ein paar Marktschreier schauten ihm wütend hinterher, als er vorbeiflog. Boba zuckte nur mit den Schultern.

„Besser als laufen!", rief er ihnen zu.

Vor ihm endete die Hauptstraße abrupt. Boba zog hoch und flog über eine hohe Mauer hinweg. Dahinter tauchten noch mehr Gassen auf. Er sah Wasserverkäufer, die miteinander diskutierten und einen Bantha, der geduldig vor einer Cantina wartete.

Doch er fand nicht den Ort, an den Ygabba ihn geführt hatte.

Er gab etwas Gas, ging ein paar Meter höher und suchte weiter.

Und dann sah er es.

Unter ihm lag die bekannte Form eines ausgeschlachteten Theed-Kreuzers, der von toter Vegetation umgeben war. Er war von zerbrochenem Glas, Schrottmetall und Müll bedeckt.

Ein unbeteiligte Beobachter hätte es nur für eines von vielen Schiffswracks gehalten.

Doch für Boba war es der erste Schritt in Richtung Freiheit.

Und los geht's.

Er drosselte den Antrieb und versuchte, seinen Sinkflug zu bremsen. Er kam dennoch recht hart auf.

„Auu!"

Boba griff nach einer Mauer, um sich zu stützen. Dann schaltete er das Jetpack ab und streichelte es liebevoll.

„Du kamst wirklich gelegen", sagte er. „Lass mich nicht vergessen, dass ich Gab'borah dafür etwas schuldig bin."

Er hob seinen Helm und wischte den Schweiß von seiner Stirn. Boba war schmutzig, ihm war heiß und er war müde.

Und er war sehr, sehr glücklich. Er schaute in beide Richtungen der Gasse, um sicherzugehen, dass ihn niemand gesehen hatte. Dann blickte er nach oben.

Keine Spur von Durge.

Vorerst.

Er drehte sich um und bemerkte, dass er genau vor dem Eingang stand, bis zu dem er Ygabba verfolgt hatte. Er holte tief Luft. Dann öffnete er die Tür und ging hinein.

Dunkelheit umgab ihn sofort wie ein Mantel. Dunkelheit und kühle Luft. Boba tippte an seinen Helm und schaltete die Infrarot-Nachtsicht ein. Sofort sah er wieder etwas.

Vor ihm öffnete sich ein langer Tunnel. Inmitten absoluter Dunkelheit schimmerte ein seltsames, scharlachrotes Licht. Er ging vorsichtig los. Der Boden war voller Müll: Steine, leere Wasserbehälter, Essensreste. Boba blieb stehen und stieß etwas mit dem Fuß an. Er hob es auf.

Es war ein Etikett. Das Bild eines fetten Hutt-Gesichts und ein Slogan waren darauf gedruckt.

GORGA-QUELLEN
FEINSTES TRINKWASSER
DAS BESTE AUS BESTINE

Ygabba hatte ihm erzählt, dass die Waffenlieferung versteckt gewesen war. Sie hatte in einer Wasserlieferung von einer Feuchtfarm in der Nähe von Bestine gesteckt.

Es kam ihm vor, als würde das schon Jahrzehnte zurückliegen, dabei hatte er Ygabba erst gestern kennen gelernt. Sie und die anderen hatten gerade die Waffenlieferung gestohlen. Sie hatten wohl kaum Zeit gehabt, sie hierher zu bringen.

Und Gilramos hatte sicher noch keine Zeit gehabt, die gestohlene Ware an sich zu nehmen.

Er ist hier, dachte Boba. *Jetzt gerade. Ich kann ihn fühlen.*

Seine Nackenhaare standen ihm vor Angst zu Berge. Er ging langsam weiter durch den rot erleuchteten Raum. Als er den Tunneleingang erreicht hatte, blieb er stehen.

Er horchte.

Er konnte Stimmen hören. Eine davon klang aufgeregt und flehend. Die andere Stimme war leise und klang hinterlistig. Es war eine Stimme, die Boba unter tausenden wieder erkennen würde. Es war eine Stimme, der er nicht einmal eine Nanosekunde lang vertrauen würde.

Es war Gilramos Libkath.

Kapitel 24

Boba ging mucksmäuschenstill in den Tunnel. Je näher er kam, desto lauter wurden die Stimmen. Irgendwann konnte er auch verstehen, was gesprochen wurde.

„Meister, wir haben alles gegriffen, was wir in die Hände bekamen. Dann haben die Wachen ihn gesehen. Mir blieb nichts anderes übrig als aufzuhören."

Es war Ygabbas Stimme. Sie klang verzweifelt ... und ängstlich.

„Das ist nicht gut genug", zischte jemand. Gilramos – der Neimoidianer, den die Kinder „Meister" nannten. „Es warten sehr wichtige Leute auf diese illegalen Waffen. Sie sind ausschließlich auf dem Schwarzmarkt erhältlich und die Käufer verlassen sich darauf, dass *ich* die Bestellungen liefere. Du weißt, was mit dir geschieht, wenn du versagst."

Ein heller Schrei ertönte. Aber es war nicht Ygabba.

Es war die Stimme von Murzz, dem kleinen Jungen.

„Bitte tut mir nicht weh!", jammerte er.

Bobas Magen verkrampfte sich. Vor ihm leuchtete plötzlich

ein Fleck hell auf. Es war der Eingang zur zentralen Kammer. Er schaltete die Nachtsicht ab, damit er besser sehen konnte. Dann schob er sich langsam vorwärts.

„Du kennst unsere Abmachung", fuhr Gilramos mit seiner glatten, kränklich klingenden Stimme fort.

Boba erreichte die Öffnung, stellte sich in den Schatten und spähte vorsichtig hinein.

In der Mitte des Raumes stand der große Neimoidianer. Seine prunkvolle Robe leuchtete lilafarben und tiefblau. Auf seinem reptilienhaften Gesicht war ein verächtlicher Ausdruck zu sehen und zu seinen Füßen kauerte eine kleine Gestalt – Murzz. Ygabba stand beschützend neben ihm.

„Bitte, Meister", bat sie.

Boba kniff die Augen zusammen.

War das wieder nur ein virtuelles Bild von Gilramos Libkath? Oder war er es wirklich?

Der Neimoidianer beugte sich nach vorn. Er packte Murzz an der Schulter. Der Junge schrie vor Angst und Schmerz auf.

Boba ballte wütend die Fäuste.

Das war tatsächlich der echte Gilramos.

„Du hast mich enttäuscht! Hier müssten siebzehn Kisten mit Waffen stehen! Und wie viele sehe ich? Sechzehn!"

Boba lehnte sich leicht nach vorn, um besser sehen zu können. Am Rand des Raumes waren zahlreiche Kisten aufgestapelt.

GORGA-QUELLEN
FEINSTES TRINKWASSER

Aber ein paar der Kisten waren offen. Und sie enthielten kein Wasser.

Sie waren voller Waffen. Kleine Raketen, gebaut mit Technologien, die in der Republik verboten waren.

Genug, um eine ganze Armee auszustatten. Und sicher keine Kinderarmee. Aus dem Augenwinkel sah Boba mehrere Kampf-Droiden, deren Rüstungen schwach in der Dunkelheit glänzten.

Boba zuckte zusammen, als Gilramos plötzlich seine Stimme im Befehlston erhob. „Wer bin ich, Kinder?“, fragte er.

In dem Raum standen ein paar kleine Gestalten um ihn herum. Sie hoben alle eine Hand und in jeder Hand war ein leuchtendes Auge zu sehen.

„Ihr seid unser Meister Libkath“, sagten die Kinder wie aus einem Mund.

Gilramos nickte. „So ist es. Wer sorgt für euch, Kinder?“

„Ihr, Meister.“

Die Augen leuchteten heller. Und in der Dunkelheit hoben die Kampf-Droiden drohend die Arme. Ein paar der Kinder begannen zu jammern. Murzz trat wütend nach Gilramos.

„Lasst mich los!“, rief er.

Gilramos packte nur noch fester zu.

„Wer gewährt euch Zuflucht?“, fragte er.

„Ihr, Meister“, wiederholten die Kinder.

„So ist es.“ Das reptilienhafte Lächeln wurde zu einer Fratze. Gilramos griff nach Ygabba und packte sie bei der Schulter. „Und was erwarte ich als Gegenleistung?“

„Gehorsam, Meister.“

„Und wenn mir der nicht geleistet wird?“

Boba sah sich schnell um. Neben dem Eingang stand ein Stapel Ziegelsteine. Er nahm einen davon in die Hand.

„Antworte!“, rief Gilramos. Er schüttelte Ygabba wütend. *„Wenn mir kein Gehorsam geleistet wird?“*

Boba kroch bis an den Rand des Eingangs. Er zielte – und warf.

Volltreffer!

Gilramos stolperte mit einem Grunzen rückwärts. Sein hoher Hut schwankte und fiel dann zu Boden. Er fasste mit beiden Händen an seinen Kopf. Ygabba griff sofort nach Murzz und lief mit ihm außer Reichweite. Überall im Raum hoben Kinder ihre Hände. Die Augen leuchteten hell auf und begannen dann zu flackern. Die Kampf-Droiden gingen mit einem bedrohlichen Surren in Position.

„Wer wagt es, mich anzugreifen?“, brüllte Gilramos.

„Weshalb sucht Ihr Euch nicht jemanden, der so groß ist wie Ihr?“, rief Boba zurück. Er holte noch einen Stein und warf ihn.

Bamm!

Dieses Mal fiel Gilramos beinahe zu Boden. Die Kinder liefen mit aufgeregtem Geschrei davon. Sie kletterten die Wände hoch und suchten auf den Metallgerüsten Schutz, die überall an den Wänden standen. Nur Ygabba blieb stehen, wo sie war, und sah überrascht, wie Boba in den Raum kam.

„Boba Fett!“, rief sie. Sie grinste so breit, dass Boba einen Augenblick Gilramos und die Droiden vergaß.

„Das bin ich!“, rief er zurück.

„Fett?“, echote Gilramos. Er stand wieder auf. An seinem Gesicht rann eine dünne Spur gelber Flüssigkeit herab. „Du wagst es, mich anzugreifen?“

„Genau!“, erwiderte Boba. Er hielt seine Hände mit nach vorne gedrehten Handflächen hoch. „Ihr habt keine Kontrolle über mich!“

„Aber ich werde dich kontrollieren!“

Gilramos hob den Arm. Ein dunkelroter Lichtstrahl schoss daraus hervor. War das irgendein Energiestrahl oder nur ein Trick? Boba hatte nicht vor, es herauszufinden. Er duckte sich weg und drückte auf den Startknopf seines Jetpacks. Sofort schoss er nach oben. Von dort versetzte er dem Kopf des Neimoidianers einen Tritt.

„Argh!“, stieß Gilramos hervor. Die Kampf-Droiden erstarrten und warteten auf neue Anweisungen.

Wenn ich nur an eine dieser Waffen herankäme, könnte ich ihn und seine Droiden wegpusten!, dachte Boba. Er steuerte auf eine der offenen Kisten zu. *Dann kann ich die Belohnung von Jabba kassieren.*

Die Kiste war jetzt genau unter ihm. Boba streckte einen Arm aus und er bekam einen Blastergriff zu fassen.

Blamm!

Violettes Licht blendete Boba. Er schrie auf und schoss nach oben. Dann knallte sein Kopf gegen etwas Hartes.

Die Decke!

Mit einem Schrei fiel er zu Boden.

Kapitel 25

Eine Sekunde lang wurde alles schwarz. Dann blinzelte Boba und sah auf. Über ihm schwebte ein Echsengesicht unter einem hohen Hut.

„Was haben wir denn hier?", fragte Gilramos. Er leckte sich die dünnen Lippen. „Einen starken und klugen Jungen. Einen, der eine gute Verstärkung für meine Armee sein könnte. Nach ein paar kleinen Modifikationen natürlich."

Er nahm Bobas Hand. Boba zog sie schnell zurück, doch der Neimoidianer war überraschend stark.

„Es wird nur einen Augenblick in Anspruch nehmen", sagte Gilramos. Die Droiden gingen hinter ihm in Formation und zielten mit ihren Waffen auf Boba. „Und dann ..."

„Der Mandalorianer gehört mir!", donnerte eine Stimme durch den Raum.

Gilramos wirbelte herum. Und Boba ebenso.

„Durge", flüsterte er.

Die gepanzerte Gestalt des Kopfgeldjägers füllte den Eingang aus. Er hielt je einen Blaster in jeder Hand. Einer davon war genau auf Gilramos' Kopf gerichtet. Der andere zielte auf Boba.

„Eine einzige Bewegung und ich puste euch ins Dünenmeer!", dröhnte Durge.

Boba trat nach Gilramos. Durge zielte.

„Zweifelst du etwa an mir, du Zwerg?" Durges Augen funkelten.

Er trat in den Raum. Boba hörte ein Zischen, als alle Kinder scharf einatmeten. Die Kampf-Droiden wirbelten herum und richteten ihre Waffen jetzt auf Durge. Der hob den Kopf und sah sich um.

Er lächelte. Ein breites, furchtbares Lächeln.

„Das ist also deine Armee, Gilramos, hä?" Er warf einen abfälligen Blick auf die Droiden, ging zu einem kleinen Mädchen und schubste es mit dem Blaster. „Diebische Kinder und eine Hand voll Droiden?"

Boba beobachtete Durge. *Wenn ich nur eine Waffe hätte*, dachte er. *Dann könnte ich uns alle befreien.*

Konnte er das wirklich? Er sah wieder zu Gilramos, der ihn immer noch festhielt.

Überall standen Kisten mit Waffen. Nur ein ungezielter Schuss und der ganze Laden würde eine einzige Waffe sein!

Moment mal, dachte Boba. Aus dem Augenwinkel sah er eine Bewegung. Doch es war kein Droide. Und auch nicht Gilramos.

Ygabba. Sie stand neben einem Kistenstapel, drehte den Kopf und sah Boba verzweifelt an.

Er wusste sofort, was er tun musste.

„Ygabba!", rief er. „Bring sie raus! Lauf! JETZT!"

Noch während er schrie, presste Boba sich so flach wie möglich auf den Boden. Durge wirbelte mit einem Aufschrei herum. Ein Lichtblitz flammte an seiner Blastermündung auf. Boba trat nach Gilramos. Der Neimoidianer schrie auf und versuchte, ihn wieder zu fassen zu bekommen. Die Droiden liefen los.

Doch es war zu spät. Boba war frei!

Er warf sich wieder zu Boden. Über ihm wurde Gilramos von Durges Schuss getroffen. Der Neimoidianer fiel zu Boden, als der nächste Schuss einen Droiden traf und dieser in einer dumpfen Explosion zusammenbrach. Die anderen Droiden versuchten, Durge niederzustrecken.

„Hier entlang!", rief Ygabba. „Schnell!"

Die Kinder liefen wie ein aufgeschreckter Schwarm auseinander. Ygabba stand neben einer Öffnung und rief ihnen Anweisungen zu. Überall rannten Kinder umher. Sie sprangen in Löcher in der Wand. Sie kletterten in Löcher in der Decke. Überall waren leuchtende Augen zu sehen, als sich die Kinder gegenseitig in Sicherheit schubsten.

Alle außer Boba.

„Und jetzt zu dir!", brüllte Durge. Er feuerte aus seinem Blaster den nächsten Schuss, als wieder ein Droide auf ihn zukam. Der Droide fiel zu Boden und Durge lachte. „Du bist der Nächste!", rief er und zielte auf Boba.

Boba sah sich um. Hinter ihm kroch Gilramos über den Boden. Sein Hut lag neben ihm.

Neimoidianer legten großen Wert auf ihre Hüte. Boba wusste das. Die Hüte waren ein Zeichen für Macht und Prestige. Kein Neimoidianer würde sich jemals ohne seinen Hut sehen lassen.

Es sei denn, er wäre tot.

Boba hob den Hut auf. Gilramos stieß einen verzweifelten Schrei aus. *„Nein!"*

Boba drehte sich um. Eine andere Stimme ertönte.

„Boba!"

Er sah auf. Die Kinder waren verschwunden – alle bis auf Ygabba. Sie stand an dem offenen Durchgang und winkte ihm zu. Neben ihr lag ein Haufen Waffen.

„Hier entlang!", rief sie.

Boba drückte Gilramos' Hut an sich. Er sah zu Durge hinüber, der von Kampf-Droiden umgeben war. Boba griff nach der Zündung seines Jetpacks und drückte sie so fest er konnte.

Er flog.

„Du wirst sterben!", bellte Durge. Er wirbelte herum, wobei er die Droiden vollkommen vergaß. Seine Blaster waren auf Boba gerichtet. Boba flog über ihn hinweg und streckte einen Arm nach Ygabba aus.

„Halt dich fest!", rief er ihr zu.

Sie griff nach seiner Hand. Vor ihm lag der Durchgang, der aus der Kammer führte. Hinter ihm standen Durge und die Droiden des Neimoidianers.

„Festhalten!", rief Boba.

Er flog auf den Waffenhaufen zu. Dann kippte er im letzten Augenblick ab und schoss in den Tunnel.

„Mein Hut!", brüllte Gilramos. „Droiden! Haltet ihn auf!"

„Wie wär's damit?", schrie Durge und drückte ab. Dieses Mal schlug der Blasterschuss quer und traf eine der Kisten.

Schlagartig explodierte die Welt um sie herum. Ygabba schrie auf, hielt sich aber fest. Boba hatte den Kopf gesenkt und raste der Freiheit entgegen. Hinter ihnen wurde der ausgeschlachtete Theed-Kreuzer von ohrenbetäubenden Explosionen erschüttert.

„Alles klar?", rief Boba über den Lärm hinweg.

„Darauf kannst du wetten!", gab Ygabba zurück.

„Gut! Wir haben es nämlich gleich geschafft!"

Vor ihnen tauchte ein Licht auf. Die Explosionen hinter ihnen wurden immer leiser, wie ferner Donner.

Ein paar Augenblicke später waren sie draußen.

Sie waren frei.

Kapitel 26

„Das war ein ganz schön eindrucksvoller Auftritt, den du da hingelegt hast!“, sagte Ygabba.

Boba nickte. Dann griff er nach dem Zündungsschalter des Jetpacks und brachte sie zur Landung.

„Ja“, gab er grinsend zurück. „Und auch einen guten Abgang!“

Sie liefen so lange, bis sie in sicherer Entfernung von der Gasse waren.

„Keine Sorge“, sagte Ygabba und sah zurück. „Diese Theed-Schiffe überstehen sogar den Hyperraum. Alles, was sich darin befindet, mag zerstört sein, aber der Schaden bleibt begrenzt.“

Boba nickte. Ein paar Meter entfernt stand eine Ansammlung von kleinen Gestalten und beobachtete sie.

„Ygabba!“, rief jemand. „Du hast es geschafft!“

Ygabba lief strahlend zu ihnen. Die jüngsten der Kinder kamen ihr entgegen und nahmen sie in den Arm. „Stimmt, das habe ich. Aber mit ein wenig Hilfe von einem Freund.“

Sie warf Boba einen Blick zu. Er hob seinen Helm und betrachtete, was er noch immer unter dem Arm hatte: Gilramos' Hut. Er schaute zurück zu den Resten des Theed-Kreuzers und runzelte die Stirn.

„Ich weiß nicht, ob er tot ist oder noch lebt", sagte er.

Ygabba kam zu ihm und schaute ebenfalls zum Schiff. „Du hast Recht", sagte sie. „Ich glaube nicht, dass das jemand überleben könnte, aber ..."

„Ygabba, sieh mal!"

Ygabba und Boba drehten sich um.

Hinter ihnen hoben ein paar Kinder ihre Hände. Scharen von leuchtenden Augen sahen sie an.

Dann verblassten die Augen auf ihrer Haut wie Wasser, das im Sand versickerte.

„Sie sind verschwunden!", keuchte Murzz.

„Ja!" Boba reckte triumphierend eine Faust in die Luft.

Er hob Gilramos' Hut hoch. Die Kinder jubelten.

„Was ist mit Durge?", wollte Ygabba wissen.

Bobas Gesicht verdüsterte sich.

„Gute Frage", sagte er. Er warf einen Blick zurück in die Gasse, wo Rauch am Boden entlang kroch. „Er könnte tot sein. Aber ich würde nicht darauf wetten."

Boba betastete nachdenklich die Zündung seines Jetpacks. Er warf einen Blick auf die beiden Treibstofftanks.

„Sie sind beinahe leer", sagte er. Er hob seinen Helm noch etwas mehr und sah Ygabba an. „Und was jetzt? Wie soll ich zu Jabbas Festung zurückkehren? Ich kann die Reparaturen an meinem Raumschiff nicht bezahlen, wenn Jabba *mich* nicht bezahlt."

Ygabba erwiderte seinen Blick und grinste. „Einen Augenblick“, sagte sie.

Sie drehte sich um und rief die Kinder herbei. „Hört mal alle zu. Ihr wisst doch, wo Bley-sans Cantina ist, oder?“

Die Kinder nickten. „Gut“, sagte Ygabba. Sie warf ihnen ein ermutigendes Lächeln zu. „Ich möchte, dass ihr alle dorthin geht. Fragt nach Bley-san. Sie schuldet mir einen Gefallen. Sagt ihr, dass ich euch geschickt habe. Sie wird euch helfen, eure Eltern und Verwandten wiederzufinden. Sie wird euch helfen, nach Hause zu kommen.“

Ygabba richtete sich auf. „Bley-san ist eine gute Frau“, sagte sie. „Ihr könnt ihr vertrauen. Und jetzt geht! Vergesst nicht, dass ihr frei seid!“

Die Kinder liefen fröhlich lachend um Ygabba im Kreis herum. Sie umarmten sie und verabschiedeten sich von ihr.

„Augenblick mal“, sagte sie, hielt eine Hand hoch und drehte sich um. Sie sah Boba an, dann wieder die Kinder. „Vergesst ihr nicht etwas?“

Die Kinder drehten sich um und sahen Boba ebenfalls an. Dann hoben sie die Hände, in deren Innenseiten außer Schmutz und Staub nichts mehr zu sehen war. Sie lächelten.

„Vielen Dank, Boba Fett!“, riefen sie. Dann machten sie sich kichernd auf den Weg zu Bley-sans Cantina.

Boba schaute ihnen hinterher. Er fühlte etwas, was er noch nie zuvor in seinem Leben gefühlt hatte.

Freude. Aber auch Stolz.

„Also“, sagte er, als die Kinder außer Sichtweite waren. „Wir sollten lieber auch gehen.“

Ygabba winkte ihm zu.

„Komm mal mit", sagte sie und lief die Gasse entlang.

Boba folgte ihr, bis sie hinter einer Kurve stehen blieb.

Vor ihnen schwebte ein schlanker Kreuzer.

„Wow!", hauchte Boba. „Der ist aber schön. Wem gehört der?"

„Mir", gab Ygabba zurück. Als sie Bobas überraschten Blick sah, zuckte sie nur mit den Schultern. „Na ja, er hat Meister Libkath gehört. Aber ich nehme mal an, dass er jetzt meiner ist."

Boba diskutierte nicht mit ihr. Er beobachtete, wie Ygabba zu dem Kreuzer ging und einen Zugangscode in das Bedienfeld eingab. Sofort öffnete sich das Verdeck. Ygabba schwenkte sich auf einen der Sitze und bedeutete Boba, ihr zu folgen. Das Verdeck schloss sich und der Kreuzer begann zu steigen. Boba setzte seinen Helm wieder korrekt auf und legte Gilramos' Hut in seinen Schoß.

„Weißt du, wie man so ein Ding fliegt?", fragte Ygabba.

Boba lächelte und übernahm das Steuer. Der Kreuzer machte einen Satz in die Luft.

„Nächste Station: Jabbas Festung!", rief er.

Kapitel 27

Es war Nacht, als sie endlich Jabbas Palast erreichten. Sie landeten den Kreuzer und gingen zum Haupttor.

Die große Eisentür wurde von bewaffneten Gamorreanern bewacht. Doch als Boba Gilramos' Hut zeigte, sahen sie ihn beeindruckt an.

„Du kannst durchgehen", sagte eine der Wachen. Er schaute Boba an und zeigte dann auf Ygabba. „Aber die nicht."

„Sie gehört zu mir", stieß Boba hervor. „Oder willst du die Sache lieber mit Jabba besprechen?"

Der Wachmann grunzte etwas Unverständliches und ließ sie durch.

„Sie scheinen dich zu kennen", sagte Ygabba. Sie sah Boba voller Bewunderung an.

„Ja, ich komme ziemlich herum", sagte er.

Sie gingen zu Jabbas Thronsaal, wo sie von Festgeräuschen empfangen wurden.

„Hört sich an wie eine Party", sagte Boba.

Sie gingen hinein.

Dem Durcheinander nach zu urteilen, schien sich das Fest gerade dem Ende zu nähern. Auf einem langen Tisch standen leere Teller. Gäste saßen auf ihren Stühlen oder gingen plaudernd umher. Jabba saß auf seinem Thron. Er stopfte gierig eine Hand voll Würmer nach der anderen in sich hinein. Immer wieder trank er einen langen Zug aus einer blubbernden Röhre. Dann rülpste er und lachte.

„Sieht so aus, als hätten wir das Abendessen verpasst", meinte Boba.

„Nein", sagte Ygabba und zeigte auf etwas. „Sieh mal da."

Am Ende eines Tisches ganz in Jabbas Nähe standen noch zahlreiche Teller. Auf jedem lag ein bunter Kuchen. Ein paar davon waren mit sich wiegenden Augenstängeln dekoriert, Boba sah die Kuchen an und dann Jabba.

„Oh mächtigster aller Hutts!", rief er. Er ging auf den Thron zu. „Ich habe getan, was ihr verlangt habt."

Jabba stierte ihn an, als wäre er nur ein weiterer Wurm. Dann sah er den mit Ornamenten verzierten Hut, den Boba ihm entgegenstreckte.

„Gib ihn mir", polterte Jabba.

Boba reichte ihm den Hut und Jabba nahm ihn entgegen. Er hielt ihn gegen das Licht und untersuchte ihn gründlich. Dann schnüffelte er daran.

„Der stinkt nach Verrat!", brüllte er. „Er stinkt nach Gilramos Libkath!"

Bib Fortuna, der neben Jabba stand, flüsterte: „Aber können wir sicher sein, dass er tot ist?"

Jabba sah ihn verächtlich an. „Kein Neimoidianer würde jemals ohne seinen Hut gehen!"

Er lehnte sich zur Seite und warf den Hut in einen rauchenden Topf. Sofort züngelten Flammen empor und ein paar Sekunden später war der Hut verschwunden. Nur Asche blieb zurück.

„Du hast dich gut geschlagen!", rief Jabba. Dann verengten sich seine Augen. „Aber was ist mit Durge?"

Boba schüttelte den Kopf. „Seht Ihr ihn hier, oh großer Jabba?", fragte er laut. „Er hat versagt. Und ich – ich habe triumphiert!"

Jabba sah ihn einen Augenblick lang grübelnd an und nickte dann. Er hob die Arme. „Hört alle zu! Dieser junge Krieger hat dort Erfolg gehabt, wo andere versagt haben! Du sollst eine große Belohnung bekommen ..." Er starrte Boba an. „Wie heißt du eigentlich, Mandalorianer?"

„Boba. Boba Fett."

„Boba Fett!", wiederholte Jabba.

Alle im Thronsaal applaudierten.

„Gute Arbeit!", sagte Ygabba und stieß ihn freundschaftlich mit dem Arm.

„Vielen Dank, oh Jabba", sagte Boba. Er verneigte sich. *Vergiss das mit der Belohnung lieber nicht!*, dachte er.

„Arrangiere seine Belohnung!", befahl Jabba seinem Hofmeister Bib Fortuna.

Der Twi'lek nickte. Er kam von der Thronplattform herunter, ging zu Boba und gab ihm einen glänzenden Chip.

„Deine Belohnung", sagte er.

Boba nahm den Chip und setzte den Helm ab. Als er ihn genauer ansah, weiteten sich seine Augen.

Das reicht ja, um die Slave I *dreimal neu auszustatten!*, dachte er.

„Ich habe noch mehr Aufträge für dich", sagte Jabba."

Boba nickte. Er ging einen Schritt zurück. Ygabba stand neben ihm.

„Glaubst du, wir können jetzt etwas essen?", fragte sie leise.

„Das hoffe ich doch", flüsterte er zurück.

Er sah noch einmal zu Jabba the Hutt hoch. Doch der Gangsterboss hatte seine Aufmerksamkeit bereits wieder anderen Dingen zugewandt.

„Schnell", sagte Ygabba und zog Boba an den Tisch. „Bevor er dir etwas anderes zu tun gibt!"

Doch als sie sich dem Tisch näherten, wurde Ygabbas Gesicht traurig. Boba sah sie an – und dann all die Teller. Sie waren voller Desserts – Gebäck, Pudding, Viren-Marmelade oder Wuorl-Kuchen.

„Hast du keinen Hunger?", fragte er. „Ich dachte, du hättest gesagt ..."

Ygabbas Gesicht wurde plötzlich bleich. Sie starrte vor sich hin und stöhnte auf.

„Vater!", rief sie dann.

Boba drehte sich um. Am Ende des Tisches stand eine zerbrechlich wirkende Gestalt. Der alte Mann trug eine hellgrüne Koch-Robe und den passenden Hut dazu. In seiner Hand hielt er ein vortexianisches Küchenmesser. Als er Ygabba sah, wurde er ebenfalls bleich.

„Tochter!", rief er.

Boba beobachtete, wie die beiden sich umarmten. Ygabba weinte. Und Gab'borah ebenfalls.

„Wie ist das nur möglich?", fragte der alte Mann. Er sah an Ygabba vorbei. Dort stand Boba. „Du ...?"

Ygabba nickte. „Er war es, Vater. Er hat uns alle vor Gilramos Libkath gerettet."

„Libkath", murmelte Gab'borah. Er sah aus, als würde er träumen. „Er hat sie vor fünf Jahren entführt. Das war kurz bevor mich Jabba als Chefkoch hierher bringen ließ ..."

Er streckte Boba eine dünne Hand hin. „Junger Mann, ich schulde dir mein Herz", sagte er. „Und das Leben meiner Tochter. Vielen Dank."

Boba hob die Schultern. Dann lächelte er. „Gern geschehen."

Gab'borah winkte ihn heran. „Komm her!", sagte er.

Er zeigte auf einen Kuchen. Er war so groß wie Boba, mit einem Minze-Zuckerguss versehen und mit Vanillekugeln dekoriert. Oben auf der Spitze prangte ein Ziziibbon-Trüffel, der wie ein Juwel leuchtete.

Boba legte seinen Helm auf den Boden. Er steckte den Credit-Chip in die Tasche zum Buch seines Vaters. Hinter ihm ertönte eine dröhnende Stimme.

„Lass dich nicht allzu sehr ablenken, junger Mann!", sagte Jabba. „Morgen früh beginnt dein neues Leben."

Boba nickte. Er dachte an die *Slave I*, die im Raumhafen auf ihn wartete. Dann sah er, wie Gab'borah den köstlichen Trüffel von dem Kuchen nahm. Er gab ihn Boba.

„Iss!", befahl Gab'borah.

Boba nahm den Trüffel lachend entgegen.

„Danke", sagte er.

Endlich! Ein Befehl, den er gern ausführte!

Er hörte, wie Jabba lachte, und er wusste, dass er endlich seine Zukunft gefunden hatte.

Glossar

3D-4X
Ein ➢Droiden-Typ, der meistens für Verwaltungsaufgaben eingesetzt wird.

Aargau
Ein Planet, der vom ➢Intergalaktischen Bankenclan beherrscht wird und als Finanzzentrum der ➢Galaxis gilt. Die meisten zivilisierten Planeten haben auf Aargau eine Bankfiliale. Da die Mitglieder des Bankenclans gern einen Überblick über die Geschehnisse um sich herum haben, wurde die gesamte Bevölkerung in einem riesigen, pyamidenförmigen Bauwerk untergebracht, das in sieben Ebenen unterteilt ist, die wiederum verschiedene Funktionen haben. Aargau ist politisch neutral.

Acklay
Eine echsenhafte Bestie mit langen, gebogenen, mannsgroßen Klauen und spitzen Zähnen. Das Acklay wird oft bei Exekutionen auf dem Planeten ➢Geonosis eingesetzt.

nen, die vom Planeten ➢Ca-
ridan stammt. ➢Jabba the
Hutt setzt sie gegen seine
einde ein.

arratos
in Planet am Rand des
Galaktischen Kerns, der
ch mehr und mehr zu ei-
em Tummelplatz von
angstern aller Art entwi-
elt hat – vor allem viele Pi-
ten haben auf Carratos
e Heimatbasis.

andril
wohlhabender Mitglieds-
net der ➢Galaktischen
ublik, der unter anderem
seine kulinarischen Ge-
se wie zum Beispiel Wei-
ekannt ist.

s-filik
Podrennfahrer vom
eten ➢Phu.

alide
pezies von sehr ge-
fährlichen Wesen mit scharfen Klauen.

Collypod
Eine Gemüsesorte, die auf vielen Planeten in der ➢Galaxis angebaut wird.

Comlink
Die tragbare Ausführung eines ➢Comm Unit.

Comm Unit
Allgemeiner Begriff für eine schiffsgestützte Kommunikationseinheit. Der Begriff Comm Unit wird gelegentlich auch für den transportablen ➢Comlink verwendet.

Coruscant
Planet und offizieller Sitz des ➢Galaktischen Senats sowie des ➢Jedi-Tempels. Coruscant ist eine einzige riesige Stadt; jeder Quadratmeter des Planeten ist bebaut. Coruscant liegt im ➢Galaktischen Kern und markiert die

Alderaan
Eine angesehene Mitgliedswelt der ➢Galaktischen Republik. Alderaan gehört zu den so genannten ➢Kernwelten.

Aleenas
Eine Rasse von Humanoiden mit grüner Haut und orangefarbenen Augen.

Ambria
Ein öder Planet, von dem die gefährlichen ➢Neeks stammen.

Aqualish
Eine halb spinnenartige, halb humanoide Rasse, die auch einige amphibische Eigenschaften besitzt. Aqualish haben vier Augen und zwei nach innen gebogene Reißzähne.

Augenstängel
Eine Spezies, die an einen mit kleinen, runden Augen besetzten Zweig erinnert. Augenstängel kommen in den verschiedensten Größen vor und gelten als Delikatesse.

Aurra Sing
Aurra Sing ist eine humanoide Kopfgeldjägerin mit kreideweißer Haut und langen Fingern. In ihrem Kopf befindet sich ein Sensorenimplantat, das ihr bei der Jagd hilft. Aurra trägt einen rein funktionalen roten Body und nur wenig Panzerung. Sie entführte ➢Boba Fett auf ➢Coruscant, brachte ihn zu ➢Count Dooku und stahl Bobas Raumschiff, die ➢*Slave I*. Später traf sie aber eine Abmachung mit Boba und nahm ihn mit auf die Suche nach dem Vermögen seines Vaters auf dem Planeten ➢Aargau. Nach Ende dieser Suche blieb Aurra Sing auf Aargau zurück. Seitdem ist sie verschwunden.

B'omarr
Ein geheimnisvoller Mönchsorden, der auf ➢Tatooine das Kloster baute, welches jetzt ➢Jabba the Hutt als Palast dient. Von den ursprünglich über tausend Mönchen existieren nur noch ein paar in Form ihrer Gehirne, die in die Körper von Spinnen-➢Droiden eingesetzt wurden.

Bantha
Elefantenähnliche Lasttiere mit zottigem Fell und großen, widderartigen Hörnern vom Planeten ➢Tatooine. Sie können bis zu einem Monat ohne Wasser auskommen.

Bestine
Eine ➢Feuchtfarm auf ➢Tatooine, die von ➢Gorga the Hutt betrieben wird.

Bib Fortuna
Ein ➢Twi'lek, der als Hofmeister für ➢Jabba the Hutt arbeitet.

Bimm
Eine Spezies von kleinen, bis zu 1,20 m großen Wesen mit affenartigen Gesichtern und langen Spitzohren.

Blaster
Die meistgebrauchte Waffe in der ➢Galaxis. Es existieren viele Varianten von Pistolen und Gewehren. Blaster emittieren Strahlen aus Laserenergie.

Bley-san
Die Inhaberin einer ➢Cantina auf ➢Tatooine.

Boba Fett
Boba Fett ist ein besonderer elfjähriger Junge: Er hat keine richtigen Eltern, sondern ist ein ➢Klon des Kopfgeldjägers ➢Jango Fett, als dessen Sohn er auf dem Planeten ➢Kamino aufwuchs.

Boba verdankt seine Existenz einem Wunsch von Jango nach einem eigenen Klon, der ohne Wachstumsbeschleunigung und künstlich erweiterte Lernfähigkeit aufwächst. Jango Fett wurde in einem Kampf auf ➢Geonosis von einem ➢Jedi-Ritter getötet. Seitdem ist Boba auf sich allein gestellt. Auf einer seiner Reisen wurde er schon nach kurzer Zeit von der Kopfgeldjägerin ➢Aurra Sing gefangen genommen, die ihn zu ➢Count Dooku brachte und mit Bobas Schiff, der ➢*Slave I*, verschwand. Nachdem Boba vor Dooku fliehen konnte, traf er Aurra wieder, die ihn mit auf die Suche nach Jango Fetts Erbe nahm, das auf dem Planeten ➢Aargau lag. Leider blieb von dem Vermögen nicht mehr viel übrig und Boba machte sich, nachdem er Aurra Sing hatte abhängen können, mit der *Slave I* auf die Suc[h]
➢Jabba the Hutt.

Candaserri
Ein Angriffsschiff
laktischen Repub
➢Boba Fett auf
vor ➢Count Do
gehend Unterk

Cantina
Auf Tatooine d
Begriff für ein
ner typischen
sich überwieg
gler und and
Gestalten all
Spezies auf.

Caridan
Ein Planet i
Kern, von
rem eine s
Spezies vo
stammt.

Caridani
Arachni
Eine Spe

Koordinaten Null-Null-Null im Navigations-Koordinatensystem.

Count Dooku

Ein geheimnisvoller älterer Mann, der unter dem Pseudonym ➢Count Tyranus ➢Jango Fett vor Jahren anheuerte, um als Vorbild für eine Armee von ➢Klonen zu dienen. Boba weiß weiter nichts über die Herkunft und die Hintergründe von Count Dooku, außer dass er sein Versteck auf dem Planeten Raxus Prime hatte, wohin Dooku ihn von der Kopfgeldjägerin ➢Aurra Sing entführen ließ.

Count Tyranus

➢Count Dooku.

Credits

Galaktisches Zahlungsmittel, das in allen Systemen, die der ➢Galaktischen Republik angehören, akzeptiert wird. Auch auf anderen Welten werden Credits teilweise angenommen, da sie für ihre Stabilität bekannt sind. Die Credits werden meist bargeldlos übermittelt, es gibt aber auch fälschungssichere Kunststoffkarten und Scheine.

Dämonen-Krake

Eine Krakenart, die in den Gewässern vieler Planeten lebt und sowohl als gefährlicher Jäger als auch als wohlschmeckende Delikatesse gilt. Dämonen-Kraken können mehrere Meter lang werden.

Datary

Eine in der ➢Galaxis wenig verbreitete Währung, die gegenüber ➢Credits nur eine geringe wirtschatliche Bedeutung hat.

Dathomir

Ein Planet mir niedriger

Schwerkraft, auf dem eine Spezies von ➢Macht-sensitiven Frauen lebt. Diese Frauen werden aufgrund ihrer Fähigkeiten umgangssprachlich als Hexen bezeichnet.

DNS
Abkürzung für Desoxy-Ribo-Nukleinsäure. Die DNS bildet den Kern einer jeden Zelle jedes Lebewesens und enthält alle Erbinformationen, also den Bauplan dieses Wesens. Mit nur einer einzigen Zelle kann man daher ein Wesen klonen, das heißt, eine exakte Kopie dieses Wesens heranwachsen lassen.

Droiden
Roboter, die für nahezu jede nur vorstellbare Aufgabe in der ➢Galaxis eingesetzt werden. Form und Funktion der Droiden variieren stark. So gibt es neben Kampf-Droiden zum Beispiel Protokoll-Droiden, die für Übersetzungen und administrative Aufgaben zuständig sind, oder Astro- oder Servomech-Droiden, die im Raumverkehr als Mechaniker und Navigatoren eingesetzt werden.

Drovianer
Eine Spezies vom Sumpfplaneten Drovian. Drovianer sind große, bullige Gestalten und verdingen sich oft als Krieger. Sie atmen durch Zellmembranen auf ihrer Haut.

Durge
Ein zweitausend Jahre alter Kopfgeldjäger, der für ➢Jabba the Hutt arbeitet. Durge hatte vor ungefähr einhundert Jahren einmal den Auftrag, den mandalorianischen Regenten zu entführen. Stattdessen wurde er jedoch selbst gefangen genommen und gefoltert. Seit-

dem hasst er alle ➢Mandalorianer und hat ihnen ewige Rache geschworen.

Estral
Der Spielmeister von ➢Jabba the Hutt. Estral stammt vom Planeten ➢Etti.

Etti
Ein System, das sich einst einem Konsortium von Geschäftemachern anschloss, welches unabhängig von der ➢Galaktischen Republik operierte. Der einzige bewohnte Planet des Systems, Etti IV, ist sehr wohlhabend.

Evaporator
Ein Gerät, das auf den ➢Feuchtfarmen von ➢Tatooine bei der Gewinnung von Wasser eingesetzt wird.

Feeori
Eine Spezies von blauhäutigen Halbhumanoiden. Ihr auffälligstes Merkmal sind Tentakel, die ihr Gesicht umrahmen.

Feuchtfarm
Feuchtfarmen werden auf ➢Tatooine betrieben: Der Luft und dem Sand wird mit Hilfe von Kondensatoren Wasser entzogen, das zum Trinken und zur Bewässerung unterirdischer Pflanzungen benutzt wird.

Gab'borah Hise
Ein alter Koch, der auf ➢Tatooine gezwungen wird, für ➢Jabba the Hutt zu arbeiten.

Galaktische Republik
Die Galaktische Republik setzt sich aus den durch die Gouverneure im ➢Galaktischen Senat repräsentierten Mitgliedsplaneten zusammen.

Galaktischer Kern
Der Galaktische Kern bildet

die Region der dicht bevölkerten Welten um den Galaktischen Tiefkern, in dem sich wiederum eine große Menge Antimaterie und ein ➢Schwarzes Loch befinden. ➢Coruscant liegt im Galaktischen Kern.

Galaktischer Senat
Der Galaktische Senat tagt in einem riesigen, amphitheaterähnlichen Gebäude auf ➢Coruscant, wo tausende von Senatoren aus allen Welten der ➢Galaktischen Republik den Sitzungen beiwohnen.

Galaxis
Eine Ballung von Milliarden von Sternen. Galaxien sind in Galaxienhaufen, diese wiederum in so genannten Superhaufen organisiert. Die Entfernungen zwischen den einzelnen Galaxien sind jedoch dermaßen groß, dass sie bislang nicht überwunden werden konnten.

Gallion
Herkunftsplanet der ➢Tripions.

Gamorreaner
Eine Spezies gedrungener Wesen, die teils reptiloid und teils wie Schweine wirken. Sie haben Reißzähne unter ihren kurzen Schnauzen und bedienen sich einer Sprache aus Grunzlauten. Die nicht sonderlich intelligenten Gamorreaner arbeiten oft als Wächter für die ➢Hutts.

Gasgano
Ein dünner Nicht-Humanoide mit sechs spindeldürren Armen. Gasgano ist ein seit längerer Zeit ein erfolgreicher ➢Podrennfahrer.

Geonosis
Ein wüstenhafter Planet, auf dem das Insektenvolk der

Geonosianer Kampf-➢Droiden herstellt.

Gilramos Libkath
Ein geheimnisvoller ➢Neimoidianer, der auf ➢Tatooine eine Armee von Kindern um sich versammelt hat, die er für sich stehlen lässt.

Gleb
Ein beinahe geschmackloses Nährstoffkonzentrat.

Gleiter
Ein ➢Repulsor-getriebenes Fahrzeug zur Fortbewegung über Land. Es gibt allerlei Ausführungen und Größen, die sich im Allgemeinen ca. 0,5 – 1 m über dem Boden schwebend und recht schnell bewegen können.

Gor-Apfel
Eine wohlschmeckende Apfelsorte, die überall in der ➢Galaxis vorkommt.

Gorga
Ein Hutt und der Neffe von ➢Jabba the Hutt.

Hologramm
Ein bewegtes dreidimensionales Bild, das an einen anderen Ort zum Zweck der interaktiven audiovisuellen Kommunikation übertragen werden kann. Am Empfangsort erscheint das Hologramm als geisterhafte Projektion im Raum. Je nach Ausführung des Holoprojektors kann das Hologramm in der Größe variieren. Es gibt auch Bildschirme für Hologramme (Holoschirme) und holografische Festbilder (Holobilder).

Hutts
Die Hutts sind eine echsenhafte Spezies. Sie kommen ursprünglich vom Planeten Varl, haben sich aber auf dem Planeten ➢Tatooine weit verbreitet, den sie auch

verbrecherisch beherrschen. Sie sind im Allgemeinen als bösartige Gangster bekannt, die hunderte von Jahren alt werden können und dabei niemals aufhören zu wachsen. Ein Hutt kann durchaus bis zu zehn Metern lang werden.

Hyperraum
Der Hyperraum ist das physikalische Medium, in dem sich ein Raumschiff während eines Fluges jenseits der ➢Lichtgeschwindigkeit aufhält.

Intergalaktischer Bankenclan
Ein Clan, der als verwaltende Instanz vieler Banken die Macht über unendliche Reichtümer in der ganzen Galaxis hat. Der Intergalaktische Bankenclan ist eng mit der wachsenden Gruppe der ➢Separatisten verbunden.

Jabba
Ein berüchtigter ➢Hutt-Gangster, der seinen Sitz auf ➢Tatooine hat, wo sein Clan auch ein riesiges Schmuggelimperium betreibt.

Jango Fett
Er galt als der beste Kopfgeldjäger in der ➢Galaxis. Der ➢Mandalorianer war ein hervorragender Schütze und ein gefährlicher Zweikämpfer. Bei Aufträgen trug er immer seine charakteristische ➢Mandalorianische Kampfrüstung, die mit allerhand Waffensystemen ausgestattet war. Außerdem besaß die Rüstung ein so genanntes ➢Jetpack, mit dem sich Jango auch fliegend fortbewegen konnte. Jango Fett wurde vor Jahren von dem geheimnisvollen ➢Count Tyranus angeheuert, um als genetisches Vorbild für eine Armee von ➢Klonen zu

dienen, die auf dem Planeten ➢Kamino entstehen sollte. Jango willigte ein, wobei zu seiner Bezahlung ein spezieller Klon für ihn allein gehörte, der später sein ›Sohn‹ ➢Boba werden sollte. Jango Fett wurde jüngst auf dem Planeten ➢Geonosis im Zweikampf mit einem ➢Jedi getötet. Er hat Boba sein Raumschiff, die ➢*Slave I*, den Helm seiner Rüstung und ein Buch hinterlassen, in dem Boba Ratschläge seines Vaters nachlesen kann, wenn er sie braucht.

Jawas
Nomadenvolk vom Planeten ➢Tatooine. Die Jawas sind etwa einen Meter groß und tragen braune Kutten, durch die man nur ihre leuchtenden Augen glimmen sieht. Ihre Stämme ziehen umher und sammeln, stehlen oder kaufen Schrott auf, den sie dann teils repariert wieder verkaufen.

Jedi-Meister
Sie sind die ➢Jedi-Ritter, die den höchsten Ausbildungsstand erreicht haben und selbst junge ➢Jedi-Padawane ausbilden.

Jedi-Padawan
Ein junger Jedi-Anwärter, der von einem ➢Jedi-Meister als dessen persönlicher Schüler angenommen wurde. Ein Jedi-Schüler, der bis zu seinem dreizehnten Geburtstag von keinem Jedi-Meister als Padawan angenommen wurde, kann nicht mehr zum ➢Jedi-Ritter ausgebildet werden.

Jedi-Ritter
Die Hüter von Frieden und Gerechtigkeit in der ➢Galaxis. Jedi-Ritter zeichnen sich durch eine besonders gute Beherrschung der ➢Macht

aus und haben sich vor Jahrtausenden zu einem Orden zusammengeschlossen.

Jedi-Tempel
Der riesige Jedi-Tempel ist Sitz des ➢Rates der Jedi auf ➢Coruscant. Hier werden auch die jungen Jedi-Schüler ausgebildet.

Jetpack
Eine Art Raketenrucksack und Teil der ➢Mandalorianischen Kampfrüstung von ➢Jango Fett. Jetpacks gibt es in den verschiedensten Bauarten.

k'Farri
Ein Planet, der für seine wertvollen, energiereichen Kristalle bekannt ist.

Kalarba
Ein Planet im ➢Outer Rim.

Kalli-Viren
Eine Virenart, die zur Herstellung wohlschmeckender Marmelade gezüchtet wird.

Kamino
Ein Planet, der noch außerhalb des ➢Outer Rim liegt. Die Oberfläche von Kamino ist fast vollständig von einem riesigen Meer bedeckt und es regnet ununterbrochen. Kamino war die Heimat von ➢Boba Fett.

Kernwelten
So werden die Planeten bezeichnet, die sich im ➢Galaktischen Kern befinden.

KiLargo's Cantina
Eine ➢Cantina auf ➢Tatooine, die für ihr gutes Essen bekannt ist.

Klic
Eine in der ➢Galaxis verbreitete Maßeinheit.

Klon
Die genetische Kopie eines

Lebewesens. Eine einzige Zelle eines Wesens reicht, um auf künstlichem Weg eine exakte Kopie dieses Wesens herstellen zu können. Mit Hilfe von wachstumsbeschleunigenden Maßnahmen können Klone sehr schnell heranwachsen – schneller als die Träger ihrer Wirtszelle.

Krayt-Drachen
Eine riesige Echsenart vom Planeten ➢Tatooine. Krayt-Drachen sind Furcht erregende, gefährliche Fleischfresser.

Kuat
Ein Planet, der für seine Raumschiffwerften berühmt ist. Auch die ➢*Slave I* stammt von einer der Werften auf Kuat.

Kurjj
Ein ➢Drovianer, der für ➢Jabba arbeitet.

Lambo-Haie
Eine wohlschmeckender Haifischart.

Libkath
➢Gilramos Libkath.

Litch-Messer
Ein gebogener Dolch, der von vielen einfacheren Spezies als Stichwaffe benutzt wird.

LobwuWa Loba
Ein ➢Aqualish, der sich als ➢Podrennfahrer verdingt.

Luftgleiter
➢Gleiter.

Mab Kador
Ein ➢Podrennfahrer auf ➢Tatooine.

Mace Windu
Mace Windu ist eines der obersten Mitglieder im ➢Rat der Jedi. Er ist für seine strenge, aber weise Art be-

kannt. Mace Windu tötete im Zweikampf ➢Jango Fett.

Macht

Die Macht ist ein gleichermaßen mystisches wie natürliches Phänomen: ein Energiefeld, das die ➢Galaxis durchdringt und alles miteinander verbindet. Die Macht wird von allen Lebewesen erzeugt. Wie alle Energieformen kann die Macht manipuliert werden. Vor allem die ➢Jedi-Ritter beherrschen diese Kunst. Ein Jedi-Ritter, der die Macht beherrscht, hat besondere Fähigkeiten: Er kann beispielsweise entfernte Orte sehen oder Gegenstände und die Gedanken anderer bis zu einem gewissen Maß kontrollieren. Die Macht hat zwei Seiten: Die lichte Seite der Macht schenkt Frieden und innere Ruhe; die Dunkle Seite der Macht erfüllt mit Furcht, Zorn und Aggression. Wer sich als Jedi diesen negativen Gefühlen allzu leicht hingibt, steht in Gefahr, der Dunklen Seite der Macht zu verfallen.

Magravianisches Katzen-Gewürz

Eine von vielen Gewürzarten, die telepathische Fähigkeiten verleihen. Gewürz ist äußerst wertvoll und aufgrund eines vom ➢Galaktischen Senat reglementierten Handels Gegenstand von exzessivem Schmuggel.

Mandalorianer

Ein geheimnisvolles Volk, dessen Geschichte mindestens 4000 Jahre zurückreicht. Zu jener Zeit kämpften die Mandalorianer gegen die ➢Jedi. Von den Mandalorianern, die für ihre charakteristischen, sehr guten Kampfrüstungen bekannt sind, leben nur noch wenige. ➢Jango Fett war einer von ihnen.

Mandalorianische Kampfrüstung
Eine Kampfrüstung, die von den ➢Mandalorianern hergestellt wurde und die auch ➢Jango Fett trug. In diese Rüstung sind einige Waffensysteme eingebaut, zum Beispiel ausklappbare stählerne Klauen, ein Fangseil, zwei ➢Blasterpistolen und noch allerhand andere seltene Waffen.

Mentis Qinx
Der Inhaber einer Landebucht und Raumschiffwerkstatt auf ➢Tatooine.

Mesarcs
Eine in der ➢Galaxis weit verbreitete Einheit zur Zeitmessung.

Mos Eisley
Ein Raumhafen auf ➢Tatooine, der für besonders raue Sitten bekannt ist.

Mos Espa
Ein Raumhafen mit einer der größten Städte auf ➢Tatooine. In Mos Espa befindet sich auch die größte Arena für ➢Podrennen.

Mrlssi
Eine Spezies kleiner, halbhumanoider Wesen. Mrlssi besitzen bunte Kopffedern und sind für ihre musischen Talente und ihren Humor bekannt.

Mugruebe-Gulasch
Ein wohlschmeckendes Gulasch, das Humanoide überall in der ➢Galaxis gern essen.

Mung-Tee
Ein Spiel, das mit kleinen Bällen auf einem eigens dafür hergestellten Tisch gespielt wird.

Murzz
Ein kleiner Junge, der auf ➢Tatooine lebt und der Armee von ➢Libkath angehört.

Myrkr
Der Herkunftsplanet der gefährlichen ➢Vornskrs und vieler sehr guter weiblicher Piloten.

Neek
Ein kleines, graues saurierartiges Tier vom Planeten ➢Ambria. Neeks, die normalerweise in Herden reisen, werden recht aggressiv, wenn man sie von ihren Artgenossen trennt.

Neimoidianer
Eine Spezies von großen Humanoiden mit grün-grauer Haut und glatten, nasenlosen Gesichtern. Eine Membran schützt ihre rot-orangefarbenen Augen. Neimoidianer gelten als feige, wenn es allerdings um Geld geht, können sie sehr aggressiv vorgehen.

Ninchif
Eine in der ➢Galaxis weit verbreitete Obstsorte. Ninchifs sind kleine Beeren, die getrocknet verzehrt werden.

Noghri
Eine Furcht erregend aussehende Spezies von bis zu einem Meter großen Zweibeinern. Noghris haben graue Haut, einen vorstehenden Unterkiefer und spitze Zähne.

Ody Mandrell
Ein bekannter ➢Podrennfahrer.

Outer Rim
Der Outer Rim ist die Randzone der ➢Galaxis und wird auch oft als Äußerer Rand bezeichnet. Der Outer Rim gilt im Allgemeinen als unin-

teressante und verschlafene Region.

Phaser
Eine relativ selten eingesetzte Waffe, deren Zerstörungskraft von einem speziellen Partikelstrahl herrührt.

Phu
Die Heimatwelt einer ca. 1,50 m großen Spezies von echsenhaften Wesen mit spitzen Schnauzen und dunkelgrüner, ledriger Haut.

Plaststahl
Eine extrem widerstandsfähige Metall-Kunststoff-Legierung, die für die verschiedensten baulichen Zwecke eingesetzt wird.

Podrenner
Ein schwebendes Rennfahrzeug, das aus einer Fahrerkabine – dem so genannten Pod – und meistens zwei, manchmal auch vier oder mehr Antriebskapseln besteht. Podrennen sind vor allem auf ➢Tatooine ein beliebter Volkssport. Für die Teilnehmer ist er allerdings sehr gefährlich, da Podrennstrecken meist durch verwundene Schluchten und zwischen allerlei Hindernissen hindurch führen, wobei extrem hohe Geschwindigkeiten erreicht werden.

Protonen-Torpedo
Ein Geschoss, das von Raumschiffen oder auch Personen aus speziellen Werfern abgefeuert werden kann. Der Protonen-Torpedo erhält seine Zerstörungskraft aus dem Protonen streuenden Sprengkopf und kann durch Partikelschilde abgelenkt werden.

Ralltiirieel
Eine Spezies von kleinen, sehr schnellen Vierbeinern.

Rat der Jedi
Gremium aus zwölf ➢Jedi-Meistern, die sich um die Angelegenheiten der ➢Galaxis kümmern und als Hüter von Frieden und Gerechtigkeit auftreten.

Repulsor
Antriebssystem für Boden- und Raumfahrzeuge, das ein Kraftfeld erzeugt. Der hierbei entstehende Antischwerkraftschub ermöglicht die Fortbewegung von Boden-, Luftgleitern und Düsenschlitten. Sternjäger und Raumschiffe nutzen Repulsoren als zusätzliches Schubkraftsystem, etwa beim Andocken oder beim Flug in der Atmosphäre.

Retina-Scan
Ein Vorgang, bei dem die Iris (Retina) des Auges optisch abgetastet und so die Identität eines Menschen festgestellt wird. Eine Retina hat noch genauere Einzelmerkmale als ein Fingerabdruck und gilt als unfälschbar.

Roba
Eine schweineartige Spezies, deren gebratenes Fleisch verzehrt wird.

Rodianer
Eine Spezies vom Planeten Rodia. Die Rodianer haben raue, grüne Haut, Facettenaugen, eine tapirähnliche Schnauze und einen Stachelkamm auf dem Kopf. An ihren langen Fingern haben sie Saugnäpfe. Sie sind als sehr gewalttätig bekannt und betätigen sich oft als Kopfgeldjäger.

Ronto
Eine große, gehörnte Spezies von Reittieren, die auf ➢Tatooine vorkommt. Rontos gelten als sehr gelassen.

Sarlacc
Ein Allesfresser, der auf ➢Tatooine in der Wüstengrube von Carkoon unbeweglich unter der Sandoberfläche lebt und auf Futter wartet. Vom Sarlacc zu sehen sind nur sein riesiges, rundes, gezahntes Maul und die Tentakel, die daraus hervorschnellen, wenn sich etwas dem Maul nähert. Der Sarlacc hält sein Opfer so lange wie möglich am Leben, um es dann langsam zu verdauen. ➢Jabba the Hutt wirft gern seine Feinde in den Schlund des Sarlacc.

Seafah-Schellfisch
Eine wohlschmeckende Fischart.

Selonianer
Eine Spezies behaarter, otterähnlicher Zweibeiner, die auf dem Planeten Selonian lebt.

Separatisten
Ein Zusammenschluss von ehemaligen Mitgliedswelten der ➢Galaktischen Republik. Die Separatisten verfolgen ihr Ziel auch mit kriegerischen Mitteln.

Shooks
Eine katzenartige Raubtierspezies. ➢Jabba the Hutt hält auf ➢Tatooine Shooks als „Haustiere".

Skiff
Oberbegriff für eine kleinere schwebende Sandbarke, wie sie auf ➢Tatooine häufig vorkommt. Skiffs können Personen oder Fracht transportieren und sind zwischen drei und fünf Meter lang.

Slave I
Das Raumschiff des Kopfgeldjägers ➢Jango Fett. Die *Slave I* hat eine elliptische Grundform, kippt aber

nach dem Start um 90 Grad nach vorn und ähnelt in dieser Position einem Elefantenschädel. Sie ist mit modernsten Anti-Ortungseinrichtungen und einer umfangreichen Bewaffnung versehen.

Sullust
Ein vulkanischer Planet, dessen Bewohner – eine Spezies von kleinen Zweibeinern – in großen Höhlen unter der Planetenoberfläche leben.

Suuri
Eine Spezies von faust- bis kopfgroßen gallertartigen Wesen, die unter Wasser leben und phosphoreszierend leuchten. Suuri sind beliebte Haustiere.

Swoop
Kleine ➢Repulsor-getriebene Einmannfahrzeuge, die sich mit bis zu 500 km/h und bis maximal 25 m über dem Boden bewegen können. Swoops sind sehr wendig.

Tangerette-Rahmfeigen
Eine leckere Süßspeise aus ➢tatooinischen Wüstenfeigen.

Tatooine
Ein öder Wüstenplanet im Zwillingssonnensystem Tatoo. Tatooine ist nicht Mitglied der ➢Galaktischen Republik und liegt weit entfernt von jeder galaktischen Zivilisation am ➢Outer Rim, dafür aber am Kreuzungspunkt einiger wichtiger ➢Hyperraum-Routen. Tatooine hat sich daher als idealer Stützpunkt für allerhand Schmuggler und andere Kriminelle entwickelt. Der Planet wird auch von Kriminellen regiert: den Hutts, einer schwerfälligen, echsenhaften Spezies, die sich durch besondere Ruchlo-

sigkeit auszeichnet. Wer auf Tatooine keine Schmuggel- oder sonstige Geschäfte betreibt, besitzt meistens eine ➢Feuchtfarm.

Theed-Kreuzer
Ein Raumschifftyp, der seinen Namen von der Hauptstadt des Planeten Naboo hat, wo er auch gebaut wird.

Tripion
Eine Spezies von riesigen Skorpionen vom Planeten ➢Gallion.

Tusken Raider
Eine humanoide Spezies, die in Clans in den Wüsten von ➢Tatooine lebt und nur sehr selten in der Zivilisation auftaucht. Die Tusken Raiders tragen Masken gegen den Sand und kleiden sich in braune Lumpen. Ihre Sprache besteht aus Grunzlauten und Schreien. Tusken Raider sind gefährliche Jäger.

Twi'lek
Eine Spezies vom Planeten Ryloth, die bis auf eine Abweichung humanoid ist: Twi'leks besitzen zwei dicke Kopftentakel namens Lekku, weshalb sie oft geringschätzig als Wurmköpfe bezeichnet werden. Die Lekku werden von den Twi'leks auch zur Kommunikation mit Artgenossen eingesetzt.

Tybi
Eine Spezies von haarigen, vierbeinigen Packtieren, die auf ➢Tatooine vorkommt.

Ugnaught
Eine Spezies von kleinen, teils humanoiden und teils schweineartigen Wesen.

Unterstadt
Die unterste Ebene der gro-

ßen Pyramide auf ➢Aargau. Hier werden die ansonsten strengen Gesetze des Planeten nicht mehr kontrolliert, da die Regierung den Überblick verloren hat. Die Unterstadt auf Aargau ist ein Treffpunkt für alle möglichen Kriminelle.

Vornskr
Eine gefährliche Spezies von hundeartigen Raubtieren vom Planeten ➢Myrkr.

Vortex
Ein Planetensystem in der Nähe eines schwarzes Loches, dessen „Sternenstrudel" dem System seinen Namen gab.

Vrblther
Eine Spezies von strahlungsmutierten, reptilienhaften Kreaturen vom Planeten Varl. Die ebenfalls von Varl stammenden ➢Hutts nahmen die gefährlichen Vrblther oft mit zu den Planeten, die sie bevölkerten.

White Panther
Der ➢Podrenner von ➢Mab Kador.

Wookie
Eine große, völlig mit Pelz bedeckte Spezies vom Planeten Kashyyyk. Wookies gelten gleichermaßen als wild entschlossene Gegner und loyale Freunde. Sie werden im Durchschnitt zwei Meter groß und erreichen ein Mehrfaches des menschlichen Lebensalters.

Wuorl-Kuchen
Ein wohlschmeckender Kuchen, benannt nach dem Herkunftsplaneten.

Ygabba
Ein kleines Mädchen von ➢Tatooine, das der geheim-

nisvollen Armee von ➢Libkath angehört.

Yan-Gemüse
Ein überall in der ➢Galaxis beliebtes Gemüse.

Ylesianischer Wurm
Die fingergroßen, weißen Würmer sind die Leibspeise des Gansterbosses ➢Jabba the Hutt.

Ziziibbon
Ein Planet, auf dem die wohlschmeckendsten Süßigkeiten der ➢Galaxis hergestellt werden.

STAR WARS
LUCAS BOOKS
JEDI QUEST
Anakins Abenteuer zwischen
Episode I und Episode II
Band 1:
Der Pfad der Erkenntnis
ISBN 3-89748-416-1
Band 2:
Der Weg des Padawan
ISBN 3-89748-556-7
Band 3:
Die Spur des Jedi
ISBN 3-89748-557-5
Band 4:
Tödliche Spiele
ISBN 3-89748-558-3
Band 5:
Meister der Täuschung
ISBN 3-89748-698-9
Band 6:
Die Akademie der Angst
ISBN 3-89748-699-7
AUSERWÄHLT VON DER MACHT.
VERDAMMT ZUR DUNKLEN SEITE.
Jedi Quest
Bd. 7 – ab März 04
erhältlich
Dino
WWW.DINOCOMICS.DE
© 2003 Lucasfilm Ltd. & ™.
All rights reserved.
Used under authorization.

STAR WARS
BOBA FETT
Die Klonkriege toben in der Galaxis und Boba Fett ist mitten drin!
Boba Fett Bd. 5: Eine neue Bedrohung – ab Juli 2004 erhältlich
DER KAMPF UMS ÜBERLEBEN
Band 1: Der Kampf ums Überleben
Die Suche nach Count Dooku
ISBN 3-89748-705-5
IM KREUZFEUER
Band 2: Im Kreuzfeuer
Die Schlacht von Raxus Prime
ISBN 3-89748-706-3
DAS LABYRINTH
Band 3: Das Labyrinth
Verschwörung auf Aargau
ISBN 3-89748-707-1
GEJAGT
Band 4: Gejagt
Durge vs. Boba Fett
ISBN 3-89748-708-X
Dino
WWW.DINOCOMICS.DE
Im Buchhandel
© 2003 Lucasfilm Ltd. & ™ All rights reserved. Used under authorization.
LUCAS BOOKS